COBALT-SERIES

そして花嫁は恋を知る

大河は愛をつなぐ

小田菜摘

集英社

そして花嫁は恋を知る
大河は愛をつなぐ

◇目次◇

アリアス
ブラーナ帝国の皇子。21歳。
総督府の長官として、
ネプティス王国へ来た。
ナルメル
ネプティス宮廷で近衛兵
を務める少女。17歳。
大河は愛をつなぐ

ラフィニア
アハラムの民の女首長。
父の代に、ネプティス王に
忠誠を誓っている。
ナティール
紅玉のような瞳の色が
印象的な、謎の少年。
草原の女王

イラスト／椎名咲月

大河は愛をつなぐ

第一章　不満ととまどい

王都マリディを流れる大河ネプは、豊穣《ほうじょう》と繁栄《はんえい》を守護する太母神《たいぼしん》そのものだ。

この国ネプティスの神話は、最初の生命であったネプの女神が、息子であり夫となる男神《おがみ》を産み落としたところからはじまる。それが王国の最初の王と王妃《おうひ》なのだという。

その源流を南方大陸中央部の黒ネプ川に持つ大河は、途中西から流れてくる白ネプ川と合流し、巨大な河となってマリディにそそぎこむ。やがて北上して大陸最北端、先に中央大陸を臨《のぞ》む海峡にとそそぎこんでゆくのだった。

ちなみに南方とか中央とかいう名称は、あくまで海峡むこうを中心とした便宜《べんぎ》的な呼称である。仮にこちらを中央とすれば、あちらは北方大陸になる。ゆえにこの呼び方に反発を抱く者も少なくはない。

「あ～あ」

目抜き通り沿いに流れる河を見やり、ナルメルはため息をついた。

くっきりと丸い、夜空のような瞳。まっすぐに切りそろえられた髪が、小さな身体《からだ》と顔のうえで軽やかに動くさまは、十七歳という実際の年齢より、二、三歳は彼女を幼く見せている。

身につけている近衛兵《このえへい》の衣装《いしょう》もなんとも不釣合いで、まるで借り着を着ている子供のようだ。

この姿形で王宮の近衛兵だと言っても、大抵の者はすぐには信じない。古くから軍事をもって王家に仕えてきた実家の名をあげて、そこでなんとか納得してくれるのだ。

実家は名門というほどではないが、世間では多少は名の知られた武門だった。

だからといって通常であれば、女子に護身術以上の武芸を教えるなどしない。

だが母を幼い頃に亡くし、上に四人の兄を持つナルメルが、結果として優れた剣技の持ち主に育ったのは、こういった背景と彼女自身の才能によるものだったのだろう。そもそも腕に自信がなければ、中流家庭とはいえ、若い娘が通りを独《ひと》りでふらふらと歩いたりするはずがないのだ。

西の空に太陽が落ちはじめたこの時間、王宮近くの目抜き通りは、大勢の人でごったがえしている。沙漠《さばく》の国ネプティスでは、人々は強い日差しを避けるため日中はあまり活動しない。日差しがやわらぎ、気温も少し下がった頃から町は活気を取り戻すのだった。

亜麻布《あまぬの》のガラベーヤを着た都人《みやこびと》。頭布《ずきん》を巻いた東方からの商人。淡褐色《たんかっしょく》の肌の彼らより一際《ひときわ》濃い肌をしているのは、南のほうから、河沿いに上がってきた遊牧の民だろう。

本当にこの通りだけを見ていると、いったいどこの国際都市かと思う。

ここが先史の時代より栄えた現存する世界最古の都市で、しかもほんの二十年程前まで、外国人の居住がほとんどなかった閉鎖《へいさ》的な国だったというのだから驚きだ。

あらゆる国の人間が入り混じるこの王都で、近頃いっそう目につくようになったのが、白い肌をしたブラーナ人だ。いまも数名の兵士が、列を成して歩いていった。彼らの国でいうダルマティカという貫頭式《かんとうしき》の胴衣に、さきほど街頭で気勢をあげていた男を思いだす。

——ブラーナ人をこの国から追いだせ、この国はネプティス人のものだ。

拳《こぶし》を振りあげて叫んでいた男は、通報でかけつけた治安官に追いかけられて、あわてて逃げていった。市民達はどちらの味方もしなかった。演説をしていた男を捕らえようとも、彼を追いかける治安官を邪魔《じゃま》しようともしなかった。

ブラーナと彼らに敵対する独立派への、人々の感情を如実《にょじつ》にあらわした光景だった。

この国は、二十年前より北の大帝国ブラーナの支配下におかれていた。

だが占領下でも、民達は普通に生活を営《いとな》んでいる。いや話を聞くかぎり、貴族だけが優遇されていた旧王政時代よりずっと恵まれた環境となったらしい。以前は貴族だけに独占されていた市場は、一般の商人や外国人にも開放されるようになった。国政を支配するブラーナ総督府《そうとくふ》が、自国の市場原理を持ちこんだ結果である。

そんな現状であんなことを叫んでも、大方の民が賛同するはずがない。

だからといって独立を叫ぶ彼らの言動を否定することは、ナルメルにはできなかった。

「ったくもう……」

もやもやとした思いのまま、なにげなくネプ河に目をむける。

次の瞬間、胸に石を置かれたような気持ちになった。

数ヶ月つづいた乾季で低くなった水面には、砂色の巨大な建物が浮かびあがっていた。

水位がぎりぎりまで下がった乾季の終盤にだけ、かつての〝水の王宮〟と呼ばれたネプティス王家の旧宮殿は姿を見せる。

だがそれを懐かしむ者は、マリディにはほとんどいない。ナルメルも同じだ。五年前、あの宮殿がネプ河の下に沈んだときは喝采《かっさい》さえしそうになった。いまでもこうやってその片鱗《へんりん》を目にしただけで、やり場のない怒りがこみあげてくる。あんなものは永遠に、ネプの水底に沈んでしまえばいい。挑むように水面を見下ろし、心の中でつぶやく。

――母様、もうあんなことはなくなるから。

だがそのためにブラーナの力が必要だという現実が、抜けない棘《とげ》のようにナルメルの心に刺さっている。

そのとき激しい衝撃とともに、地面に突き飛ばされた。膝《ひざ》を強く打ち、一瞬痛みで気が遠くなる。即座にはなにが起きたのかがわからずにいた。左肩にかけていた鞄《かばん》が奪われたことに気がついたのは、直後だった。

「ど、泥棒！」

甲高《かんだか》い声に、あたりを歩いていた人達はいっせいにふりかえる。

「誰か捕まえて！」

立ちあがり必死で追いかけるが、人ごみの中であっという間に見失った。周りの人達は、気の毒そうな眼差《まなざ》しをむけている。肩で息をしながら、ナルメルはがっくりとうなだれた。

「やられた……」

不慣れな旅人でもあるまいし、怒りよりも自分の迂闊《うかつ》さに消沈しかけたときだ。

前方から悲鳴があがった。鶏《にわとり》を絞《し》めるような声に、ナルメルは驚いて顔をあげる。

ざわめきの中、前方で人込みが二つにわれた。奥から小猿のように暴れる少年と、彼の腕をつかんだまま一人の青年が姿をあらわしたのだった。

「いてーよ、いてーよ！　離せよ、この馬鹿！」

まだ十にもならないような少年は、空いたほうの手で殴《なぐ》りかかったが、すらりとした身体をした青年は、草で払われたていどの痛痒《つうよう》にしか感じていないようだった。

「自分のしたことを承知したうえで、その言葉を口にするのか？」

威圧《いあつ》的な声に、腕をつかまれた少年だけではなく、ナルメルはびくりとして青年を見る。

三〜四馬身ほどを隔《へだ》てたこの位置からでも、とても背が高いことがわかる。

「ご婦人」

一瞬、誰のことかと思った。お嬢《じょう》さん、と呼ばれることはあっても、ご婦人などと呼ばれたことは一度もなかった。

「その鞄《かばん》はあなたのものか？」

暴れたはずみだろう。少年が足元に落とした鞄を、青年はあいたほうの左手で指さした。

「そ、そうです」

小走りに近寄り鞄を拾いあげると、礼を言おうと身を起こす。

次の瞬間、状況も忘れて青年の姿に目を奪われた。

目にもまぶしいような、容貌《ようぼう》の持ち主だった。

あざやかな、まるで光の洪水のような金の髪。

そして吸いこまれそうなほどに、空よりもずっと濃く青い瞳。

年のころは、ようやく二十歳《はたち》に届くかといったところだろう。日に焼けてはいるが、それでも南方大陸の人間よりずいぶんと白い肌は、この青年が中央大陸からやってきたことを証明している。淡い黄土色《おうどいろ》のダルマティカに、外套《がいとう》ははおらず栗色の帯を巻いている。おそらく、というよりまちがいなくブラーナ人だろう。

「ちがうのか？」

圧倒され目を奪われているところに、訝《いぶか》しげな声をかけられる。

そのときつかまっていた少年が、青年の右腕にかみついた。

「痛っ！」

青年は短く悲鳴をあげ、そのはずみで手の力を緩《ゆる》めたのだろう。

解放された少年は、青年の身体の下を素早くかいくぐる。

「あ、こら！」

青年は叫び、傷ついていないほうの左腕を伸ばしかけた。だがすぐに表情をしかめ、腕をおろしてしまった。少年はすでに手の届かない先まで駆けていっていた。

「あ、ありがとうございました。助かりました」

少年が消えていった方向を見て舌を鳴らす青年に、鞄を抱きしめてナルメルは言った。

いくら反発を抱いているブラーナ人だからといって、助けてもらったのなら礼をする。宗主国《そうしゅこく》に対する反発が、個人を憎む気持ちにはつながらないように自分を戒《いまし》める。

青年はくるりと振りかえり、首を横に振った。

「いや、逃がしてしまってすまなかった」

「とんでもないです。怪我《けが》はなかったですか？」

少年がかみついた痕を見ながら、不安気にナルメルは尋《たず》ねた。

血は出ていないようだが、赤くなっている。

「大丈夫だ。獅子《しし》に噛《か》まれたわけでもあるまいし」

さらりと物騒なことを青年は言った。

「ですが、一応手当てを……」

ナルメルが身をのりだしたときだ。

「アリアス様」

背後から声がして、人込みのむこうからダルマティカを着た男性が現れた。

服装や容姿から察するに彼もブラーナ人だろう。まだ若い二十代半ばほどの青年だった。

男性はアリアスの姿を見つけ、安堵《あんど》したような顔で近づいてきた。

「ここにいらしたのですか。お急ぎになりませんと」

言葉遣いから考えて従者のようである。たくましい体軀《たいく》から、護衛の兵かもしれない。

アリアスは眉間《みけん》に軽くしわをよせ、気乗りしない表情で西に傾く太陽を見上げた。

「もう、そんな時間か」

舌打ちまじりにつぶやくと、アリアスはナルメルのほうにむきなおった。

「ご婦人、私はこれで失礼する。道中気をつけられよ」

早口に言われ、ナルメルは気圧《けお》されたように小さくうなずく。もっとはっきりと礼を言わなければと思い直したが、アリアスは従者の青年とともに足早に行ってしまった。

「あ……」

口を半開きにしたまま、しばし彼らの後ろ姿を目で追う。

やがてナルメルは虚《むな》しく息をついた。

「なにやっているのよ、私」

自分のために怪我《けが》をさせてしまった相手の、名前も住所も聞かないなんて。これでは礼を言いにうかがうこともできないではないか。

――アリアス様。

従者の男が口にした名前を思いだした。

金色の髪に青い瞳をしたブラーナ人。それってまるで――。

「王妃《おうひ》様みたい」

現在のネプティス王妃は、五年前にアルカディウスから嫁《とつ》いできたブラーナ皇女である。

南方大陸に先史の時代より栄えていた古代王国ネプティスが、建国二百年余りの破竹《はちく》の勢いのブラーナ帝国に侵攻されたのは、ナルメルが生まれる二年前の話だという。

だからナルメルは、ブラーナが介入《かいにゅう》していないネプティスなど知らない。

当時の国王はブラーナ軍によって処刑され、王家の縁戚《えんせき》筋に当たる中継ぎの王を経てたてられた現在のネプティス国王は、処刑された王の遺児《いじ》である。その彼に嫁《とつ》いできたのが、ブラーナ皇女である現在の王妃というわけだ。

生まれる前の出来事でも、自国の王が処刑されたと聞かされれば、自然と反発を覚えるから不思議なものである。もっとも王妃自身は雲の上のような人だから、彼女個人には好きも嫌いも考えたことがないのが幸いだった。

「交代の時間です」

同僚の女性兵士に交代の声をかけられ、ナルメルは物思いから立ちかえった。

同時に見張り中に考えごとをしていたことを自覚して、軽い自己嫌悪《けんお》を覚えた。

王宮の最奥《さいおう》は王族の居住空間となっている。大広間のように巨大な廊下《ろうか》には、幾本もの円柱が立ち並び、突き当たりには象嵌細工《ぞうがんざいく》の大きな扉が設《しつら》えられている。

いまナルメルの背後にあるこの扉のむこうが、国王一家の私的空間である。奥にいる王太子になにかがあれば、首を差しだすぐらいではすまないというのに。

ひやりとした思いが落ちつくと、つぎは自分の迂闊《うかつ》さが腹立たしくなってきた。

「どうしたの？　具合でも悪いの」

心配そうに尋《たず》ねる同僚に、ナルメルはあわてて首を横に振った。

「ううん、なんでもない。心配してくれて……」

言葉がとまる。同僚の背中越しに見える光景に、ナルメルは視線を釘付《くぎづ》けにさせられた。

廊下のむこうから、次第にこちらに近づいてくる二つの人影。一人は見慣れている。上司でもある近衛侍従長《このえじじゆうちよう》だ。だがもう一人は――。

「そなたは」

むこうが先に口を開いた。まちがいない。先日ひったくりを捕まえてくれた青年だ。

だがナルメルは驚きのあまり、とっさに物を言うことができなかった。

光の洪水のような金色の髪は、白い大理石の宮殿においていっそう輝いて見える。

近衛侍従長が訝《いぶか》しげに二人を見比べた。

「アリアス殿下。この者、ナルメル・アシャットをご存じですか？」

その言葉にナルメルは耳を疑った。

「え、殿下？」

ナルメルのつぶやきに、侍従長はうなずいた。

「いかにも。このお方はブラーナ皇帝第四皇子アリアス・カトゥス殿下だ。このたび総督府《そうとくふ》の長官として赴任《ふにん》なされた」

愕然《がくぜん》とする。外見からブラーナ人だろうと予想はついていたが、まさか皇子だとは。

そういえば金色の髪に青い瞳の王妃は、思いだしてみるとアリアスととても似ていた。

王妃は皇帝の弟の娘だったというから、アリアスとは従姉弟《いとこ》同士になる。あまりのことに呆然《ぼうぜん》とするナルメルに、アリアスは軽く首を傾《かし》げた。

「ネプティスでは、こんな子供に警備兵をさせているのか？」

皮肉でもなんでもない、素《す》の口調にナルメルは反射的に声を大きくした。

「こ、子供じゃありません！　十七です」

「え！」

短く叫ぶとアリアスは、信じられないというようにまじまじとナルメルを見た。

「そうか。それは失礼した」

とりあえず、といったふうの謝罪に多少の不満はあったがしかたがない。自分が年齢より幼く見られることはナルメルも承知している。

「殿下。確かにこの者は小柄ですが、剣技の腕前は確かです。もちろん力や持久力では男子に劣りますが、俊敏さで右に出る者はおりません」

弁解なのか自慢なのかわからぬ侍従長の物言いに、居たたまれない思いでナルメルは身をすくめる。それだけの俊敏さを持ちながら、ぬけぬけと鞄《かばん》をひったくられてしまったのだ。しかもその現場を見られてしまった相手を前に、この台詞《せりふ》を言われては肩身が狭い。

「王妃様にお伝えせよ。アリアス殿下がご挨拶《あいさつ》に参られたと」

侍従長の命令に、ナルメルはあわてて首を横にふる。

「急遽《きゅうきょ》陛下のお呼び出しがございまして、さきほど図書室のほうに――」

「なに？」

侍従長が驚きの声をあげたとき、背後で象嵌細工《ぞうがんざいく》の扉が音をたてて開いた。

扉のむこうから姿を見せたのは、おぼつかない足取りの小さな男児だった。

「王太子様」

ナルメルとともに、侍従長と同僚の女性兵士が三人揃《そろ》って声をあげる。

「中庭の蓮《はす》をごらんになりたいとおっしゃられて……」

後ろからついて来ていた王太子付きの侍女《じじょ》が、言いわけのように言った。重い扉を開いたのは、もちろん三歳の王太子ではなくこの者だろう。

王太子は物珍しそうに、扉の先の四人の大人を見上げた。

茶に近い金褐色《きんかっしょく》の髪に象牙《ぞうげ》色の肌は、ブラーナ人である母親の影響にちがいなかった。いっぽうで光の加減によって赤く見える煉瓦《れんが》色の瞳は、ネプティス王家の流れを汲《く》む証拠だった。父親である国王は、褐色の肌に澄んだ紅玉《こうぎょく》のような瞳をしていた。それは神話に出てくる最初の王と王妃の姿であり、神の流れを汲むと言われるこの国の王族の証《あかし》でもあった。

「では、私もご一緒に」

女性兵士が名乗りをあげた。この時間からの当番は彼女だからとうぜんだ。

だが、その前に――――ナルメルはちらりとアリアスを見る。

王妃に挨拶に来たのだから、王太子にも一言あるかと思った。

だがアリアスはちらりと扉の奥を見やると、つまらなそうにつぶやいた。

「では王妃様はご不在なのだな？」

「そ、そのようで……。不手際《ふてぎわ》で誠に申しわけございません」

あわてふためいて謝罪をする侍従長に、関心のない表情でアリアスは言った。

「かまわぬ。ならば私も、後日出直してこよう」

ぽかんとする侍従長を尻目に踵《きびす》をかえすと、アリアスはすたすたと歩いていった。

ナルメルは呆気《あっけ》に取られた。相手が子供だと考えれば納得できないこともないが、一国の皇子が滞在国の王太子に対して、挨拶どころか一礼すらしないとはどういう了見《りょうけん》だ。

(な、なに……、あの態度？)

不快感でいっぱいになるナルメルの目の前を、無邪気《むじゃき》な王太子と状況のわからぬ侍女が並んで通り抜けた。女性兵士があわててあとを追う。

脳裏《のうり》に、ふとある考えが思い浮かんだ。

(宗主国の皇子だから？)

思いついた瞬間、屈辱《くつじょく》と悔しさで身体《からだ》が熱くなった。

もちろんアリアスはそんな発言を一言もしていない。大通りで助けてくれたことを思いだせば、そんな人格だと決めつけてしまうことも早急すぎる。ブラーナに反発を抱いていても、一個人を攻撃することは健全な考え方ではない。

すべてわかっているのに、一度思いついただけの考えが雨季の雨雲のように広がってしまうのは、やはりこちら――属国とされた側に卑屈《ひくつ》な思いがあるからなのだろうか？

ナルメルはひどく嫌な気持ちになった。

先日助けてもらったことを思いだせば、アリアスに悪意があるとは思いたくない。

国がちがえば習慣も価値観もちがってくる。いくら王太子でも、三歳の子供相手に堅苦しい挨拶《あいさつ》をすることは抵抗があったのかもしれない。とうの王太子自身が、誰何《すいか》するよりも蓮《はす》の花のほうに興味を示していたのだから……。誰に対してのものかもわからぬまま、いいわけめいたことを考えていると、とつぜん深いため息が聞こえた。

「やはりな……」

「侍従長？」

渋面《じゅうめん》を浮かべる上司に、ナルメルは訝《いぶか》しげな顔で呼びかける。

「なにかあるのですか？」

「あの皇子だ。素行が悪くて、国でもてあまされてこちらに追いやられてきたらしい」


市街地から外れたネプの河川敷《かせんじき》では、多数の労働者達が土木作業に勤《いそ》しんでいる。

天頂に昇った日差しに目をすがめながら、ナルメルは堤防の上から辺りを警戒していた。

河川敷では、国王がブラーナ人技術者達と話をしている。遠目ではあってもあんな光景を見ると、やはり複雑な気持ちになる。

国王の発案により、大河ネプの大規模な工事計画が発表されたのは昨年のことだった。

目的は二つ。一つ目は豊かなるゆえ雨季にはたびたび水害を起こすネプの水を、安全かつ有効に利用するため、近辺の土地にさらなる灌漑路《かんがいろ》を延ばし新たな農地を開拓すること。二つ目はネプが流れこむ北の海峡に港を建設し、ネプ河を利用して王都マリディと直結した運河を造ることである。

国をあげての大工事は入念に計画が練《ね》られ、三ヶ月前についに着工となったのである。街にやたらとブラーナ人が増えたのはそのためだ。世界一の先進国と言われるブラーナの技術をかりなければ、こんな大掛かりな工事をネプティスの力だけでできるはずがない。そのために国王自ら、総督府《そうとくふ》を介してブラーナ皇帝に依頼書を送ったという話である。

それを聞いたときの、人々の反応は様々だった。

反発する者の意見としてもっとも過激だったものは『自分の父親を殺した相手に頭を下げるとはなんたること』というものだった。現王の父である、先々代の王を処刑したのはブラーナ軍なのに、というわけである。

そう聞かされると、当時のことを知らないナルメルの心にも複雑な思いが浮かぶ。

だが毎年のように出る犠牲者《ぎせいしゃ》を無くすために、河川工事は必ず必要なものだった。そしてブラーナの力をかりなければ、この大工事が到底成しえられないことも事実だ。

巨大な紅砂沙漠《こうさ》に囲まれ他国との交流を遮断《しゃだん》していたゆえに、世界で最初に文明が発祥《はっしょう》した場所と言われるネプティスの文化は、他の文明国より二百年は遅れたと言われている。

それらを承知しているから、国は優秀な学生を積極的に、ブラーナの帝都アルカディウスに留学させているのだ。

現王はけしてブラーナの傀儡《かいらい》ではない。恭順《きょうじゅん》を装いながら、ブラーナから利を得ることをけして怠《おこた》らない。すべては自国の民に還元するためだ。そんな国王だからブラーナに協力を要請したことを、ナルメルはあまり不思議に思わなかった。

だが自分の父親を処刑した相手と協力しあい、かつその娘を妻にするというのは、いったいどんな心境なのだろう。

そこでナルメルは軽く舌を鳴らした。

先日王宮での警備のとき戒《いまし》めたばかりなのに、また物思いにふけっていた。

「なにをやっているのよ、私」

腹立たしげにつぶやき、自らの側頭部をこぶしでこつんと叩いたときだ。

あたりに人の気配を感じて、反射的に腰にさした剣の柄《つか》に手をやる。

堤防伝いに誰かが歩いてきていた。ナルメルは緊張した面持《おもも》ちでその人物を見つめる。

遠目でもわかる均整の取れた肢体《したい》。日の光を受けて王冠のように輝く髪。

少し先で彼は立ちどまり、河川敷のほうに眼差《まなざ》しをむけた。

微風でダルマティカの裾《すそ》とクラミドがふわりとふくれあがった。

「アリアス殿下！」

ほとんど反射的に叫んだナルメルだったが、すぐに自分の行動に青くなった。

気軽に声をかけられるような相手ではない。そのうえ侍従長から聞いた悪い噂《うわさ》や、王太子と顔をあわせたときの悪い印象もあったはずなのに――。

いっぽうとつぜん呼びかけられたアリアスは、びくりと肩を揺らすと、河川敷にむけていた顔をこちらにむけた。ナルメルは軽く混乱した。勢いで声をかけはしたものの、その後をどうしたらよいのかわからなくなった。

「なんだ、そなたか――」

よほど驚いたのか、胸に手を当てたままアリアスは息をついた。

その間に落ち着きを取り戻したナルメルは、小走りに彼のそばに近づいていった。

「工事をご覧にいらしたのですか？」

もっともらしいことを口にする。

「あ、まあ……」

「それでしたらご案内いたします。ちょうど陛下もお出《い》でになっておられますし」

「ああ……」

歯切れ悪くつぶやくと、アリアスは河川敷に目をむけた。

だがほんの短い時間のためらいのあと、にべもなく彼は言い捨てた。

「いや、けっこうだ」

「は？」

「気が変わった」

ナルメルは瞳をぱちくりさせた。だがそんな反応にも、アリアスは無頓着《むとんちゃく》だった。

「今日は都合が悪い。陛下にはそなたから断りを入れておいてくれ」

素《そ》っ気《け》なく言うと、呆然《ぼうぜん》とするナルメルを残して踵《きびす》をかえす。

アリアスが自分の来た道を数歩進んでから、ナルメルはようやくわれにかえった。

「お、お待ちください」

叫ぶやいなや後を追い、すかさずアリアスの正面に回りこむ。

行く手を阻《はば》まれたアリアスは、鼻白《はなじろ》んだような顔をした。

その表情にひやりとした。彼の身分を考えれば、まずいことをしている自覚はあった。

かといっていまの言葉をそのまま伝えれば、ひと悶着《もんちゃく》おきることは目に見えている。

ナルメルは以前、侍従長《じじゅうちょう》が話していたことを思いだした。

たとえ王政は認めていても、ネプティスの政権は事実上総督府《そうとくふ》が掌握《しょうあく》していた。

先々代王を処刑した後、王族の血をひく青年を自分達の傀儡《かいらい》として王に仕立て上げたのは、王を尊重するふりをして民達の反感をそらすためである。

民主主義と人道主義を基調とした法律を取り入れたブラーナの政策は、旧王政時代よりずいぶんと民達にとって有利なものであったろうに、それでも街では新たに国教とされたルシアン教ではなく、この国の最初の王と王妃《おうひ》であるネプの夫婦神がごく自然に崇《あが》められている。

政策的な反発とは裏腹に、神話の時代よりつづくこの国の王家は、民達にとって欠かせないものとなっていたのだ。

現王を即位させた理由もそこにあった。正統な王位継承者が総督府に恭順《きょうじゅん》の意を示せば、民達の反発を抑えるのにかなり有効なはずだ。

だが青年王の有能さと存外なしたたかさに、総督府は次第に彼を尊重せざるを得ない状況になっていったのだ。

ネプティス王家の証《あかし》でもある紅玉《こうぎょく》の瞳をした王に、国民は圧倒的な支持をよせていた。加えて自分達の国の皇女を王妃に迎えたこの青年を、総督府は蔑《ないがし》ろにできなくなっていた。

まして今のように国王一人が有能さを発揮している状態では、政策は彼を中心に進めざるをえない。それはネプティスにとって都合がよさそうな展開ではあるが、そのような状態が長くつづけば、いずれブラーナ側に警戒が生じることが心配だ、と侍従長が言うのだ。

ブラーナ側の面子《めんつ》を保つために、総督府側にも相応の権威が欲しいという本音が、実はネプティスにはあるのだった。

その点で、このアリアスという青年はうってつけだ。

神の意志により選ばれたとされるブラーナ皇帝の子息であれば、女神の子孫と言われるこの国の王にも十分対抗できるだろう。総督府長官として、アリアスが自分の務めを果たしてくれれば、王宮と総督府の力関係は理想的な均衡《きんこう》を保つことができるはずだ。

自分のような立場の者がそんなことを心配するのも出過ぎた真似《まね》だとは思うが、ここまできたら乗りかかった船だ、とばかりにナルメルは腹をくくった。

「殿下にもご都合はおありでしょうが、とつぜんそのようなことを申されましては、殿下をお待ちしている方々が消沈なさると思います。ここまでおいでになられたのです。どうかお姿だけでもお見せになって……」

せいいっぱい腰を低くして言う。

本音では、怒りはしても消沈などけしてしないと思ってはいたが。

「は！」

短く言われた言葉に、ナルメルはぎくりとして顔をあげた。

そして自分を見下ろすアリアスの皮肉気な表情に、ひどく困惑した。

「本気で言っているのか？」

一瞬自分の心を読まれたのかと思った。

「工事に素人《しろうと》の俺があの場でなんの役に立つというんだ。言っておくが俺は、鋤《すき》もツルハシも持ったことはないぞ」

耳を疑う幼稚な台詞《せりふ》に、ナルメルは絶句する。

少しして、じわじわと怒りがこみあげてきた。

なにを言っているのだ、この人は。成人男性が口にする言葉とは、とうてい思えない。役に立つ、立たないの問題ではなく、視察は総督府長官として義務ではないか。

そもそも役に立たない、などと思うこと自体が、立場への自覚のなさの表れだ。自分が工事に素人だという自覚があるのなら、下調べでもしてきたらよいではないか。

「お言葉ですが、わが国の国王陛下とて、そのようなものを持たれたことはないと思います」

真面目《まじめ》に訂正《ていせい》するのも嫌になって、多少ふて腐《くさ》れつつナルメルは反撃した。

アリアスは軽く動じたような顔をする。この反応からすると、自分の言葉が屁理屈《へりくつ》だという自覚はあるのだろうか。

「先ほどのお言葉、私はお伝えできません。私は国王陛下にお仕えはしておりますが、殿下の臣下ではございません。もし私を使役《しえき》したいとお望みなら、陛下を通してご命令ください」

きっぱりと言うと、アリアスは苦い物を嚙《か》んだように顔をしかめる。

短い間をおいたあと、あからさまに皮肉気に彼は言った。

「見上げた忠義心だな。だが仕える相手をまちがえるなよ」

どういう意味だととっさに叫びかけたが、相手の地位を考えてぐっとこらえる。

「私は心から、陛下を尊敬いたしておりますが」

「父親の仇《かたき》と馴《な》れ合うような相手をか？」

自分の表情が引きつったことを自覚した。

「陛下はご立派な方です！」

思わず大きくなった声は、まるで自分に言い聞かせているかのようだと思った。

そう、まちがいなく立派な人物だ。自国の民のために私怨《しえん》を押し殺し、宗主国《そうしゅこく》と協力態勢を取っている。この国のためにもはやブラーナの力は欠かせないものになっているからだ。

そんなことは承知しているはずなのに、違和感を拭《ぬぐ》いきれずにいるのは、ナルメルの心の中にブラーナへの反発があるからにちがいない。

自国の〝理知と平和〟を世界に広めることは義務である、というのがブラーナの言い分だ。

実際ブラーナがこの国にもたらした恩恵は計り知れないし、かつての閉鎖《へいさ》的な王政時代のやり方を支持しようとは思わない。

だからといって武力で侵入されたうえに、有無《うむ》を言わせぬ手段で自分達のやり方を押しつけられ、人間として疑問を覚えないわけがない。総督府はこの国の国教を、自分達が信仰するルシアン教に変更し、公用語をブラーナ語に定めた。古来よりのネプティス語を喋《しゃべ》ることができる人間は、若い世代にはほとんどいない。

だから国王の姿勢も、必要だとわかっていながら全面的に受け入れることができない。

心から尊敬している――――そう言ったとき、小石を飲みこんだような違和感を覚えた。

にわかに堤防の下がざわつきはじめた。国王を囲む一行がいっせいにこちらを見ている。

「殿下！　そちらにいらしたのですか」

河川敷《かせんじき》から誰かが声をあげる。アリアスは軽く舌を鳴らした。

「みろ、お前のせいだぞ」

忌々《いまいま》し気《げ》につぶやかれた言葉に、ナルメルはあやうく抗議の声をあげるところだった。

皇子という彼の立場が念頭になければ、本当に怒鳴《どな》りつけていたかもしれない。

アリアスは深いため息をつくと、気《け》だるそうな足取りで堤防を下っていった。もちろん、怒りで打ち震えるナルメルのほうなど一顧《いっこ》だにしなかった。

それから数日。思いだしては怒りを覚える日々がつづいた。

食事をしているときや、着替えをすませたあと、寝台に入ってからなど、なにがきっかけになっているのかわからないが、アリアスの言動を思いだしては、そのたびに眉間《みけん》にしわをよせていた。まわりに誰もいないときには「バカ皇子」と毒づいたことすらあった。

あとからアリアスの年齢を、王妃《おうひ》と同じ二十一歳だと聞かされたが、よくもあそこまで幼稚な真似《まね》ができるものだと、心の底から思った。

とはいってもアリアスの素行だけに腹をたてているのなら、ここまで引きずらなかっただろう。不快の一番の原因は、彼の言動によって引きだされた自分の迷いにある。

この国の未来のために、ブラーナはもはや欠かせない存在になっている。

ブラーナ総督府は、この国の道路を整備し、民達のために集合住宅を建築した。貴族の手によって占《し》められていた市場を開放し、国内の経済を活性化させた。彼らの言うところの〝ブラーナによる理知と平和〟というやつである。

今回の河川工事によって、ネプ河の氾濫《はんらん》による事故は激減するだろう。

過去の悲劇を未来に繰りかえすこともなくなる。そうなれば水の王宮を、過去の遺物《いぶつ》だと嘲笑《ちょうしょう》することもできる。それなのに、ブラーナの力を必要としていながら、彼らに対する反発を消せない自分の心の矛盾《むじゅん》に腹がたつのだ。

確かにネプティスは、武力でブラーナに制圧された。

だがネプティスがブラーナの統治下に入ってから、二十年近い年月がたとうとしている。

先々代の王がブラーナ軍によって処刑されたことは、歴史の話としてしか知らない。反発はあってもナルメルのような若い世代にとって、ブラーナ総督府《そうとくふ》は当たり前のようにある存在だった。言葉だって信仰だって、ごく自然にブラーナのものが存在した。具体的に被害を受けた覚えもない。むしろ恩恵ばかりだ。反発を感じる理由などないではないか。そんなふうに自分を説得しながら、ふと思いつく。

（だけど、陛下は……）

ナルメルは主君に思いを馳《は》せる。

現在二十三歳の国王は、マリディ陥落《かんらく》当時は三、四歳。王太子と同じ年頃である。果たして彼は、国王の処刑を覚えているのだろうか？　覚えていたとしても、小さな子供が父親の処刑をどう受け止めたのかなど、余人が想像できることではないだろう。

それでもナルメルは、自分が母親を亡くしたときのことを思い、胸を鷲掴《わしづか》みにされたような息苦しさを覚えた。もちろん衝撃という点で親の死因を比べれば、不慮《ふりよ》の事故で亡くなった母と処刑された王の父を比較するなどおこがましいとは思う。だが理不尽《りふじん》な形で親を奪われた憤《いきどお》りや、どうにもならない悲しみは少しぐらい理解できるような気がする。

そうやって考えてゆくと、アリアスの言葉に突き当たる。

――父親の仇《かたき》と馴《な》れ合うような相手をか？

あのときは怒りで頭に血が昇ったが、いま冷静になって考えれば、アリアスの言葉はある世代より上のネプティス人であれば、一度は考えたことがあるのかもしれない。

(陛下はどのように思っておられるのだろう?)

父親の仇を受け入れ、彼らと協力しあい、その娘を妻に娶《めと》り——。

脳裏《のうり》をよぎった考えを、あわてて打ち消そうとした。

直接国王に真意を問える立場にあるわけでもなし、想像だけであれこれ批判することはただの妄想《もうそう》に過ぎない。ならば現実の執政《しっせい》から判断するしかない。そしてナルメルは、若干《じゃっかん》の戸惑いを残しつつも、河川工事に踏みきった国王を支持している。

迷いをなかば強引な理詰めで押しこめると、次はきっかけを作ったアリアスへの怒りが再度こみあげてきた。

「あの、バカ皇子」

感情にまかせてつぶやいたときだ。入り口の帳《とばり》があがり、同僚の兵士が戻ってきた。

近衛兵《このえへい》用の寮は二～四名の相部屋で、ナルメルも同じ年の女性兵士と相部屋だった。

失言にあわてて口元をおさえたが、同僚はなにもないような表情で「ただいま」と言っただけだった。どうやら聞かれていなかったらしい、と胸をなでおろしたときだ。

「まったく信じられないわ、あのバカ皇子!」

腹立たしげな言葉に、やはり聞こえていたのかとナルメルはあわてた。

だが彼女は自分の寝台に乱暴に腰を降ろすと、舌打ち交じりに言った。

「三日ぶりに御前《ごぜん》会議に出てきたと思ったら……」

「え?」

信じがたい言葉に、ナルメルは短く声をあげた。

三日ぶり、ということは、つまり前日までは欠席していたということではないか。

王宮の御前会議は、ブラーナ総督府の代表を交えて毎日開かれるものだ。

総督府の長官として赴任《ふにん》してきたアリアスであれば、とうぜん参加する義務がある。

連日行われる会議を、そのたびに『気が変わった』などと言って避けるなど、できるはずがない。もし長官がそんな行動をとれば、総督府側の権威《けんい》を失墜《しっつい》させかねない。

(嘘でしょ？)

呆気《あっけ》に取られるナルメルをよそに、同僚は一方的にまくしたてはじめた。

なんでも今朝《けさ》の御前会議で、マリディの治安悪化が議題にあがったのだという。

彼女はその警備についていたため、会議の内容を聞くことができたのである。

治安の悪化の一因に、河川工事によるブラーナ人の大量流入があった。

それに比例して、繁華《はんか》街《がい》で悪さを働く輩《やから》が増えてきたのだという。

もちろんネプティスの人間やマリディに数多くいる外国人にも、そういった輩はいる。

彼らに対しては市営の治安部隊が機能している。だがブラーナ人に対しては、マリディの刑法が適応できないのである。それゆえ一部の不埒《ふらち》なブラーナ人がやりたい放題といった状態になり、堪《たま》りかねた市民達が総督府に訴えてきたというわけである。

「それで、その……殿下はなんと？」

いまさらなんだが、さすがに同調してバカ皇子とは言いにくかった。

「それなのよ！」

同僚は拳《こぶし》で寝台を叩いた。

「街の治安を乱すような不逞《ふてい》な輩はブラーナの兵として認めないから、そちらで好きなように処分してかまわない、ですって！」

ナルメルは耳を疑った。本気でそう思っているのか、責任放棄《ほうき》なのか理解しかねた。

ネプティスに住むブラーナ人を、管理する権利も責任も総督府にある。そのためにブラーナ人にはマリディの刑法が適応されないのだ。

そもそも地方ならともかく、王都でそんな無法な真似《まね》ができるはずがない。そんなことはアリアスもわかっているはずだ。ネプティス側が彼らを罰《ばっ》することができないことなど――。

（宗主国《そうしゅこく》だから……？）

じりっと怒りがこみあげてきた。

「……それで王宮側はなんと？」

「ひとまず陛下が話を引かれたわ。後日再検討《けんとう》する、ということで。しばらくは市営の治安部隊だけではなく、王宮の衛兵にも街を巡回させるんですって」

同僚の言葉にナルメルは目を丸くした。

それはつまり、自分達も街を回らなくてはならないということではないか。

予想通り、街の巡回に対して近衛兵達は不満を爆発させた。

なにしろ王宮を守るという業務には、彼らはそれなりの矜持《きょうじ》を持っているのだ。民間兵のような街の巡回などやっていられない、といったところだろう。

だが一番の不満の原因は、こうなった経緯である。

総督府長官であるアリアスの無責任な言動は、王宮中に広まり、兵達は反発を強めていた。マリディを我が物顔で闊歩《かっぽ》しておきながら法に準拠《じゅんきょ》しない。だというのに自分達で裁こうとしないのなら、権利だけ求め、責任は取らないのと同じことである。

それでなくても数多《あまた》の外国人の中で、ブラーナ人だけ治外法権《ちがいほうけん》が適応されている現実に、人々は心中に不満を燻《くすぶ》らせていたというのに。

「わかっているのかしら？」

王宮の中庭を歩きながら、ナルメルは独《ひと》りごちる。本日の警備箇所《かしょ》である。

高木の椰子《やし》や無花果《いちじく》が立ち並ぶ緑豊かな王宮の中庭は、比較的気楽な警備場所である。

それをよいことに、ナルメルはまた物思いにふけっていた。

巧みな懐柔策《かいじゅう》でうまく手なずけられてはいても、侵略者に対する反発は心のどこかに持っている。そんな中でブラーナ人に対する民達の反発があからさまになれば、総督府にとっても厄介《やっかい》な事態になりかねないというのに、あの〝バカ皇子〟はそれがわかっているのだろうか。

「わかっているわけがないわよね」

そんな慎重な人間なら、先日の河川敷《かせんじき》での言動はありえない。総督府長官としての権威や能力を示すことは、ブラーナ側の人間としても大切なことだろうに。

出会った日、引ったくりを捕まえてくれた彼は、いったいなんだったんだろうと思う。蹴《け》られても怒ることもなく、盗みを働いた少年を冷静に諫《いさ》めていた。

あれこそ育ちのよさがさせた対応だろう。あれがマリディ市民だったら、たちまち袋叩きだった。その日暮らしをしている民達は、自分達の生計をおびやかす窃盗《せっとう》に容赦《ようしゃ》などしない。

なんとも複雑な思いで先に目をむけると、高木に囲まれてひっそりと建つ東屋《あずまや》に、誰かがいることに気がついた。ナルメルはあわてて剣の柄《つか》に手をかける。だが数歩足を進めて、気抜けしたように手を離した。

「お前……」

草を踏む音が聞こえたのだろう。アリアスはしかめ面《つら》でつぶやいた。木と葦《あし》の葉を組みあわた椅子《いす》に、足を投げ出してだらしなく座っているところから、昼寝でもしていたのだろうか。

先日の気まずさを考えれば黙って退却すべきところだが、ふと気がついて尋ねる。

「……お一人なのですか？」

いくら王宮内だからといって、総督府の長官が護衛もつけずに一人でいるなどと信じられない。いったいブラーナ兵はなにをしているのか、とあたりを見回してから、ふと思いつく。

「あの……会議の最中では？」

そこまで言って、アリアスが露骨《ろこつ》に不快な顔をしたことに気がつく。それだけでナルメルは、彼が会議をさぼってここにいることを察知した。

しかし河川敷であれだけのことを言われたあとでは、いまさら説得したり懇願《こんがん》したりするつもりは毛頭《もうとう》ない。だからナルメルはそのまま引きさがろうとしたのだが……。

「まったく無駄《むだ》なことを。防衛などブラーナ軍に任せておけばいいのに」

聞こえよがしに言われた言葉に、ナルメルは進めかけていた足を止めた。

おそらく軍隊か、もしくはまた警備の話でも議題に上がったのだろう。

どのみち王宮の近衛兵として、一人のネプティス兵とした聞き捨てならない言葉だった。

もちろん相手の身分を考えれば、まともにその真意を問いつめるわけにはいかない。

だがあからさまに不満気なナルメルの表情に、アリアスは全てを悟ったようだった。

「ちがうのか？　紅砂《こうさ》沙漠を越えて疲弊《ひへい》しきったブラーナ軍に、完膚《かんぷ》なきまでにやられるような軍隊が、国の防衛を考えたって時間の無駄だろうが。従属国はそれらしく、宗主国に依存していればいいんだ」

喧嘩《けんか》腰《ごし》に言われた言葉に、ナルメルは呆気《あっけ》に取られて声を出すことができなかった。

酒でも飲んでいるのかと疑ったほどだ。だとしても、けして許容できる発言ではない。

そこでナルメルは、目が覚めたような気持ちになった。

結局こういう本音が透けて見えるから、どれほど甘い汁を与えられようと、彼らを心から受け入れることができないのだ。

冷ややかな思いの反面で、親指が折れそうなほど拳《こぶし》を強く握りしめる。相手がこの身分でなければ、きっと怒鳴《どな》りかえしていただろう。

「殿下のように優秀な将校からすれば、わが国の兵はさぞ至らないことと存じます」

精一杯平静を装ってナルメルは言った。だが心のうちは怒りと悔しさが渦巻《うずま》いていた。

そんな態度をどう思ったのか、アリアスはぎくりとした顔で、あわてたようにもたれていた椅子《いす》から身体《からだ》を起こしかけた。だがナルメルは彼が次の行動を起こす前に、くるりと踵《きびす》をかえした。これ以上なにを聞いても不快になるだけだと思ったからだ。


マリディの大通りがいちばん賑《にぎ》わうのは、夕方から宵《よい》にかけてだ。

この時間であれば強い日差しを避けられるし、明かりのため油を使わずにすむ。

市《いち》が閉まる頃に軒先《のきさき》に明かりを灯しだすのは、酒場や博打場《ばくちじょう》、そして娼館《しょうかん》だった。

その晩ナルメルは、同僚の男性兵士と市営の治安部隊兵と組んで街中を巡回することになった。この組み合わせは『治安部隊だけでは横行する不埒《ふらち》なブラーナ兵に対応しきれない』という市側の訴えを受けて、王宮側が出した対応策だ。市側の人的な負担の軽減もだが、王宮直属の近衛兵が相手ならば、ブラーナ兵も少しは遠慮《えんりょ》するだろうというもくろみもある。

もちろん三人ともが一晩中街中を歩きつづけることはあまりにも非合理的なので、交代で巡回をし、なにかあれば仮眠をしている仲間に知らせに行くことになっていた。

ナルメルは二番目の巡回を任されることになった。

王宮の警備も夜通し行われるから、深夜に活動することは慣れていた。

だが歓楽街という一度も足を踏み入れたことのない場所で、目のやり場に困っていた。日も変わるという時間になっても、通りの賑《にぎ》わいは衰えない。通りは酔っぱらった男達が練《ね》り歩き、博打場からは石を転がす音が聞こえてくる。街頭には脂粉《しふん》の匂《にお》いを漂わせた女達が立ち、男達となにやら交渉をしている。

制服から警備兵であることは承知されているだろうが、それでなくても幼く見られがちな自分はさぞこの場で浮いていることだろうと、肩身が狭くなる思いだ。

とつぜん路地のほうから悲鳴があがった。女性の声にナルメルはぎくりとする。

一人であることを考えて応援を呼びに行こうかと思ったが、声が近いことと切羽詰《せっぱつ》まった声音《こわね》から、ひとまず声のしたほうに足をむけた。

ほんの二、三分も走ると、建物と建物の間に挟まれるようにして声の主を見つけた。通りから丸見えの位置で、若い女性が二人の男に囲まれていた。

相手が二人であることにナルメルはひるんだ。助けを呼びに行く暇があるのだろうか？　だがこのまま彼女がどこかに連れこまれたりしたら、とんでもない事態になることは目に見えている。迷ったが、男達が帯剣《たいけん》していないことがナルメルを決断させた。

剣の柄《つか》に手をおくと、毅然《きぜん》とした声でナルメルは叫んだ。

「おやめなさい！」

男達はぎょっとしたように振りかえった。

白い肌、だらしなく着崩したダルマティカ。ブラーナ人であることは明白だった。

「その手を離しなさい！　この王都で無法な真似《まね》は許しません」

声高に叫ぶと、男達は警戒するようにあたりを見回した。

だが相手が一人、しかも少女のような娘であることに、すぐに表情を不敵なものに変えた。

「お嬢《じょう》ちゃん、怪我《けが》をしたくなかったら、大人しくしていたほうが身のためだぜ」

「そうそう。子供は早く帰んなよ」

微塵《みじん》も動揺《どうよう》したようすがない男達に、ナルメルは毅然《きぜん》と声をあげる。

「私は王宮の衛兵です。これ以上無礼をはたらくようであれば、あなた達を連行します」

男達の顔からにやけ笑いが消え、怒気を帯びたものになる。

「おう、やれるものならやってみろ！」

「残念ながら俺達はブラーナ人だ。お前たちの法律は適用されないぜ」

確信犯か、と思うとナルメルの胸に怒りの炎がともった。

ふるまいや言動から、おそらく下級の兵士だろう。

男達はすでに自分達がからんでいた娘のことなど忘れているようで、すでに彼女の手を離している。娘もここぞとばかりに路地の奥に後ずさっているが、さすがにナルメルをおいて逃げることはできないようで、不安げな顔でこちらを見守っている。気持ちはありがたいが、どうせなら治安部隊かなにかを呼んできてもらったほうが助かる。

「ならばこのことも覚えておきなさい。法を守らなくてもいいということは、法もあなた達を守ってくれないということなのよ」

言うなりナルメルは腰に下げていた剣を抜いた。抜き身の刃が、街灯のわずかな明かりを受けて鈍く光る。もちろん丸腰の相手に刃を振るうつもりはない。あくまでも威嚇《いかく》のつもりだった。だが男達はやにわに表情を変え、懐《ふところ》から短剣を抜きだした。

しまった――ナルメルは身を固くした。

剣を見せたことで、かえって彼らを興奮させてしまったのかもしれない。こうなれば少しでも人通りの多いところに出て、騒ぎを大きくして加勢を呼ぶほうが安全だ。

ナルメルはじりっと後退った。引きずられるように男達が前に進んでくる。

からまれていた娘が、いまさら気がついたように路地の奥へと駆け出していった。あちらにむかったのなら、助けを呼びに行くことは期待できないだろう。

二歩、三歩とナルメルが後ずさるごとに、男達も近づいてくる。

間合いを保ったまま、三人は通りに出た。目抜き通りから少し離れた通りで、人はまばらにしか歩いていなかった。それでも不穏な事態にいっせいに注目が集まる。

「治安部隊を呼べ！」

誰かが叫ぶ声が聞こえた。繁華街《はんかがい》での刃傷沙汰《にんじょうざた》など、通常であればほうっておかれたかもしれない。しかし男対女、二対一という一方的な条件に加え、ブラーナ人対ネプティス人という構図が彼らに反感を与えたようだ。さすがに刃物を持った者同士の諍《いさか》いを、丸腰で止めに入る無謀《むぼう》な者はいないようだったが。

だがその言葉に、男達の目が凶暴に光る。

「治安部隊がなんだっていうんだ。お前等はブラーナ人である俺達に手出しできないんだよ」

言うなり一人の男が短剣をふりかざし、ナルメルにむかって突進してきた。

すかさず剣を構えたとき――ひゅっと風を切る音がして、なにかが弾けとんだ。

えっ？　と思うのと同時に、男の悲鳴があがった。

見ると短剣は地面に転がり、男は苦悶《くもん》の表情で右手を押さえている。

「だがブラーナの軍規で裁くことはできるぞ」

わけがわからかずにいるところに、興奮した空気を一蹴《いっしゅう》するような軽やかな声が響いた。

声のしたほうに目をむけたナルメルは、そこに立っていた人物に目を丸くした。

濃紺《のうこん》のダルマティカに白のクラミド。ほの暗い街灯の下でもまばゆいほどに輝く黄金の髪。ゆるく丸めた右手の上で、玩具《おもちゃ》のように小石を投げ上げている青年はアリアスだった。

なんだってブラーナ皇子ともあろう人物が、こんな歓楽街を歩いているのだ。

いっぽうのアリアスも、自分が助けた相手にひどく驚いたようで、青い瞳を見開き、不意打ちを受けたような顔をしている。よく見ると彼の少し後ろに、ナルメルが助けた娘が立っていた。ということはあの娘に言われて、騒ぎを収めに来てくれたのだろうか？

（……え、まさか？）

状況も忘れて、ナルメルは困惑した。

男達の顔に、にわかに焦りの色がにじみではじめた。見るからに下っ端《したっぱ》といった感じのこの男達が、アリアスの顔を認識しているのかどうかはわからない。だが言動や振るまいから、地位の高い人間であることは瞭然《りょうぜん》としている。

ブラーナ軍の軍規がどんなものかは知らないが、おそらく風紀にかんしては市法よりも厳しいだろうから――。

「おい、まずいぞ……」

男のうち一人がつぶやく。とっさにナルメルは、地面に転がった男の短剣を拾いあげた。その瞬間、男達は脱兎《だっと》のごとく逃げだしていった。

「ま、待ちなさい！」

あわてて叫んだあと、ちらりと横にいるアリアスを見る。彼は眉《まゆ》をひそめたまま、男達の後ろ姿を見送っているだけだった。

ナルメルは軽い怒りにかられた。ここでナルメルが彼らを追いかけ捕まえたところで、ネプティス側には、彼らを処罰《しょばつ》する権利がない。だがその権利を持つ人間――アリアスは動く気配を見せない。騒ぎを収めることに協力はしても、処罰までするつもりはないのだろう。目の前の火の粉《こ》は振りはらうが、対岸の火事を消すつもりはないといったところか。

感謝の気持ちがたちどころに失せ、反感がこみあげてくる。元々はこのバカ皇子が、自分の配下の者達をきちんと管理しておかないから生じた事態だというのに。

とはいっても、彼が危機を救ってくれたのは確かだから――。

「あの……」

「ありがとうございます！」

自分が言おうと思った言葉をさらわれ、ナルメルは気勢をそがれたような気持ちになった。橙色《だいだい》の衣装《いしょう》を着た娘が、いつのまにかアリアスの側にきていた。先刻ブラーナ兵にからまれていたあの娘である。

自分のほうを見向きもしない娘に、ナルメルは呆気《あっけ》に取られた。

確かに最終的に混乱を収拾《しゅうしゅう》したのはアリアスだし、自分が彼女を助けることは仕事だから恩に着せるつもりはない。だがその態度は礼儀《れいぎ》としてどうなのかと――。

腹立ちまぎれにナルメルは娘の姿を凝視《ぎょうし》した。

触れる寸前まで近づき、すがるように彼を見上げている。華《はな》やかで美しい娘だった。娼婦《しょうふ》にしても酒場女にしても、安い店で働くような者ではなさそうだ。

「お礼がしたいのです。ぜひ店においでください」

すでに娘の指は、アリアスのクラミドにからめられている。ほとんどしなだれかからんばかりの勢いである。過剰《かじょう》なまでの態度に、ナルメルは不快な気持ちになった。

これはアリアスを上客と見込んで、自分の店に引き込もうとしているにちがいない。

だがこんな高貴な身分にある人間が一人でそんな店に入ったりすれば、たちまち鴨《かも》にされることが見えている。有り金と身ぐるみをはがれたあげく、街路に放りだされてしまえばいいほうだ。運が悪ければ殺されかねない。四歳も年長の成人男子にこんな心配をしてやるのもなんだが、こちらも助けてもらった恩がある。

「アリアス様」

殿下と呼ばなかったのは、騒ぎを大きくしたくなかったからだ。

「お迎えが遅くなった上にお手間を取らせまして、申しわけございません。あちらで長官がお待ちでございます。お急ぎください」

慇懃《いんぎん》な口調で言うと、とうぜんのようにアリアスはきょとんとなる。

だがあきらかに不自然なナルメルの態度に事情を察したらしく、真顔で頷《うなず》いた。

「わかった。すぐに行こう」

はっきり言うと、自分にすがりつく娘を見下ろす。

「男が女を助けることは当たり前だ。その言葉は女の身でそなたを助けようとした、あの娘のほうにむけるべきだな」

それを言われた娘がどんな顔をしたのか、彼女の背中を見ていたナルメルにはわからない。

だが痛快さを感じる余裕はなかった。アリアスの言葉に呆気に取られていたからだ。

――男が女を助けることは当たり前だ。

疑いもなくこんな台詞《せりふ》を言う男がいるなんて、想像すらしたことがなかった。

女が男に従うのは当たり前だ、という男ならわりといたが……。

「では行くか」

アリアスの言葉にわれにかえる。見ると彼は娘を置いて、すでに歩きだしている。ナルメルはあわてて後を追ったが、まともに進めばアリアスのほうが速いに決まっている。小走りに駆け寄ったナルメルが彼に追いついたのは、目抜き通りに通じる路地だった。道幅は大人の男性の背丈《せたけ》分ぐらいだ。

お待ちください、と叫ぶ前にアリアスがふりかえった。

「いったいなんの真似《まね》だ」

あからさまに不機嫌顔で言われて動じかけたが、すぐに気を取り直して反撃する。

「あんな娘についていったら、身ぐるみをはがされて店の外に放りだされますよ！」

アリアスは眉《まゆ》をひそめてしかめ面《つら》をする。

「はっ？　お前は俺があんな女についてゆくと思っていたのか？」

ナルメルは拍子抜《ひょうしぬ》けした顔をした。

アリアスはふんっと鼻を鳴らし、ひどく不快気に語りだした。

「あの状況でお前に礼を言うより、客引きを優先するような女だぞ。いくら一晩限りの相手でも最低限の礼儀もわきまえない女にそんな気になるか」

一息に言われた言葉に、ナルメルはぽかんとする。わかっていたのか、あの娘が客引きをしていていた、ということが。そして、あまり安心できるような相手ではないということも。

（そうよね、二十一歳の男の人なんだから……）

いくら皇族でも、こんな歓楽街を歩くような成人男性なのだ。自分よりよほど世間知《せけんち》はあるにちがいないのに、いったいなにを一人であわてていたのだろう。

「そもそも王宮の近衛兵《このえへい》のお前が、どうしてこんな所を警備しているんだ」

心底不思議そうなアリアスの問いに、ナルメルの頭の中は一瞬真っ白になった。

短い時間をおいて、ゆっくりと怒りがわきあがってきた。

「誰のせいだと思っているんですか？」

口にしたあと、しまったと思ったが、すでに後の祭りである。

なら言うべきことは言ってやる、とばかりに開き直る。

「殿下もご存じでしょう？　先ほどの、ああいう性質《たち》の悪いブラーナ人が増えてきたから、マリディの治安部隊だけでは対応しきれなくなって、それで国王陛下が、ご自身の近衛兵達にも警備をご命令なさったのです」

御前《ごぜん》会議でのアリアスの暴言は敢《あ》えて口にしなかったが、ナルメルがそれを当てこすっているのは〝誰のせいだと思っているんですか〟で、丸わかりだろう。

果たしてアリアスは、苦々しい顔でそっぽをむいた。てっきり反論されると思っていたナルメルは、意外な気持ちになった。ということは、悪かったとか恥ずかしいとかは思っているのだろうか？　だから『元をただせば』ということは忘れて、嫌味な言い方をしたことを申しわけなく思ってしまった。それに考えてみれば、助けてもらった礼をまだ言っていない。

「あのぉ……殿下」

遠慮《えんりよ》がちに声をかけたとき、アリアスの表情がにわかに厳しくなった。

「……殿下？」

「お前、近衛兵なら、とうぜん剣は使えるな」

ちらりともこちらを見ずに言われ、ナルメルはひどく緊張した。

「え、ええ。人並みには……」

「なら、自分の身ぐらい守れるな」

あわてて柄《つか》に手をやりあたりを見回すと、路地の前方で影が動いた。

息を呑《の》むナルメルに、険しい面持《おもも》ちのままアリアスは言った。

「悪いが、いまの俺にはお前まで守る余裕がない」

想像もしなかった台詞《せりふ》にどう答えてよいのかわからなかった。

状況もわきまえず、答えを求めるようにアリアスを見る。

「いいか。下手《へた》な義理立てはせずに、とにかく逃げろ」

「え？」

「やつらの狙いは俺だ」

ナルメルがなにか言いかけたとき、人影の中から一人が歩みでた。背後にはまだ四、五人ほどの人間が控えている。

「ブラーナ皇子アリアス・カトゥス殿下だな」

アリアスは答えなかったが、威嚇《いかく》するように右手に持った剣を構えた。

それだけで、自分がアリアスだと名乗っているようなものだ。

（あれ？）

妙な違和感を覚え、ナルメルはまじまじとアリアスの姿を見つめる。

「独立分子の連中か？」

アリアスの口から放たれた言葉に、ナルメルはあっと声をあげる。

ブラーナの統治を受けるようになってから二十年余り。ネプティス国内には、絶えず独立分子の動きがあった。要人暗殺を狙ったり、政治活動を阻《はば》む形で、彼らの憎悪《ぞうお》は総督府《そうとくふ》や現王政にむけられていた。

冷や汗をかくナルメルとは対照的に、驚くほど冷静にアリアスは言った。

「この娘は関係がない。逃がしてやってくれ」

「だめだね、その娘には顔を見られている」

擦《かす》れた女の声にあ然となった。アリアスの名を確認した男の横に並ぶようにして出てきたのは、先刻助けたばかりの橙《だいだい》色の衣装《いしょう》を着た娘だったのだ。

「予想外の大物が釣れたものだな、イルナ」

男の言葉に、イルナと呼ばれた娘はさきほどとは別人のような調子で話しはじめた。

「本当だねえ。我が物顔で街を歩いているブラーナ人に、痛い目を見せてやろうと思っていたら、まさかあんなチンピラみたいな連中でねえ」

誇らしげに笑うイルナに、ナルメルは唇をかみしめた。つまりこの娘は、あの連中にわざとからまれていたのだ。そして油断させたうえで、見せしめに殺すつもりだったのだろうか。

「思わぬところで人助けをしたな」

不本意極まりない、といった口調でアリアスは言った。気持ちはわかるが、この状況でよくそんな自嘲《じちょう》を言う余裕があるものだと呆れかえった。

「気の毒だが死んでもらうよ!」

イルナが声をあげたとたん、彼女の背後にいた男達がいっせいに襲いかかってきた。

剣を振りあげて襲いかかってきた男の攻撃を、身体《からだ》をかがめることでかわすと、ナルメルはとっさに地面の土をつかんだ。立ち上がりざま、ふたたび襲いかかってきた男の顔に土をぶつけると、男は悲鳴をあげて顔をおおった。そのすきに素早く足を斬りつける。血飛沫《ちしぶき》と悲鳴がふたたびあがり、男はその場に転がりこんだ。

息をつく暇もなくアリアスのほうに目をむけると、彼は三人の男に挑まれている。猛禽《もうきん》か山猫のように無駄《むだ》のない俊敏な動きで彼らの攻撃をかわしている。だがこの人数差ではそれが精一杯で、反撃する余裕はないようである。

「殿下!」

ナルメルが呼びかけるのと同時に、アリアスを攻撃していたうちの一人がナルメルに突進してきた。ナルメルは素早く攻撃をかわし、アリアスの背後についた。これでたがいの背中を守ることができる——と思ったのだが。

「馬鹿っ! 逃げろと言っただろう」

アリアスが叫んだ。

「殿下を見捨てて逃げたと知られたら、どうせ死刑です」

「お前は俺の兵ではない、とこの前自分で言っていただろう」

先日のナルメルの反撃を当てこすったつもりなのか、腹立たしげにアリアスは言った。

だが反論する余裕はない。たちまち敵が襲いかかってくる。今度はアリアスがすかさず反撃する。背中をナルメルに守られていることで、先刻とは別人のような動きである。この動きと太刀捌《たちさば》きだけで、彼が並外れた剣技の持ち主であることがわかる。

だが、限界がある。細身の剣だ。攻撃だけならなんとか持ちこたえられるだろう。しかし防御となると、とても支えきれない――右手一本では。

巨漢の男が剣を振りかざし、アリアスに襲いかかった。とっさに剣で防御する。二本の剣が交差した形になって拮抗《きっこう》する。だがすぐにその均衡《きんこう》が崩れそうになった。全体重をかけるようにして押してくる敵を、右手一本で剣を持つアリアスは支えきれないのだ。

――この人は左腕が動かない。

自分に襲いかかる敵を交わすかたわら、ナルメルは石をつかんで素早く投げた。金属に跳ねかえる音がして、その衝撃で均衡《きんこう》が崩れた。押しあっていた剣は、たがいに後方に弾けとんだ。

胸をなでおろした瞬間、右肩に熱い痛みを感じてナルメルは顔をしかめる。斬りつけられたのだと瞬時にわかったが、かすめた程度であることもわかっていた。

「ナルメル！」

悲鳴のようにアリアスが叫んだときだ。

「逃げるんだ、治安部隊だよ！」

少し離れた場所でようすを見守っていたイルナが、あわてふためいた声をあげた。

「まずい！」

「ひとまず退散だ」

男達がばたばたと、路地の奥のほうに立ち去ってゆく。

遠ざかる足音と比例するように、大通りのほうからの蹄《ひづめ》の音が大きくなってきた。

「助かった……」

胸をなでおろしたとき、アリアスが左の手首をつかんだ。

鬼気迫った表情に呆気《あっけ》に取られていると、彼は強引にナルメルをこちらにむかせた。

「怪我《けが》は！」

ほとんど怒鳴りつけるように問われ、気圧《けお》されてしまう。

「あ、あの……」

「医者を、すぐに医者のところに行くぞ」

問答無用《もんどうむよう》で腕を引かれ、ナルメルはあわてた。気持ちはありがたいが、この程度の傷でこんな時間にたたき起こされては医者が気の毒だ。

「だ、大丈夫ですよ。かすり傷ですから」

「よくない。女の身体《からだ》だぞ。痕が残ったらどうする」

ナルメルはあ然とした。この人は私の仕事をなんだと思っているんだ。

さすがに刀傷は頻繁《ひんぱん》ではないが、日頃の訓練や仕事で打撲《だぼく》や生傷はさいさん作っている。そもそもそれが気になるのなら、最初から近衛兵《このえへい》になどならない。

（……本気で言っているのかしら）

まじまじと見つめていると、アリアスは訝《いぶか》しげな顔をする。

自分の言った言葉に疑問など持っていないようである。

「殿下！」

通りのほうから焦った声が聞こえた。目をむけると、先日も会った従者が転げ落ちんばかりにして下馬した。彼の背後から、治安部隊の兵達が飛びこんでくる。その中には今日組んでいた近衛兵の同僚の姿もあった。

「ご無事でしたか。とつぜん姿を消してしまわれるから、心臓が止まるような思いでした」

「あ……悪かった」

すがりつくようにして恨《うら》み言《ごと》を訴える従者を、アリアスは謝罪したうえでなだめすかした。

ナルメルは首を傾《かし》げた。こんな態度や先刻の心配してくれたようすは、王宮で見せる無責任な態度と一致しない。さほど親しくない相手でも、危機に瀕《ひん》していれば〝助けよう〟という気《き》概《がい》もある。少なくとも利己的な人間ではなさそうだ。

「おい、行くぞ」

当たり前のように声をかけられ、ナルメルはきょとんとしてアリアスを見た。

「行くって、どこに？」

「怪我の手当てだ。俺の邸《やしき》には侍医《じい》がいる」

「え！」

短く声をあげたが、アリアスのほうはなにを驚いているんだ、と言わんばかりの顔をしている。確かに街医者をたたき起こすよりは、人騒がせではないだろう。そもそもブラーナ統治前まで呪《まじな》い師に頼っていたネプティスでは、医者自体がまだ少数だ。探すとしても容易なことではない。だが、それにしたって――。

「で、殿下のご自宅に？」

動揺《どうよう》するナルメルに、アリアスは顔をしかめた。

「誤解するな。お前のような子供に、そんな気にはならん」

ナルメルはかっとなる。当たり前だ！　こっちだってそんなつもりで言ったのではない。

確かに年齢より幼く見られがちだし、色気などおそらくないのだろう。だからといって、あからさまに本人にむかって言って良い言葉ではないだろう。

怒りで顔を引きつらせるナルメルにかまわず、アリアスは従者のほうにむきなおった。

「この娘を邸に案内しろ。生命《いのち》の恩人だ。丁重にもてなせ」

治安部隊の兵や同僚が呆気《あっけ》に取られているなか、言いたいことだけ言うと、アリアスはさっさと通りに出ていった。

「おい、なにがあったんだ？」

同僚の兵が尋《たず》ねたが、怒りがおさまないナルメルは説明することができなかった。

まったく、あれが生命の恩人に対する態度か。怪我《けが》を心配してくれる気持ちに偽りはないのだろうが、誰が世話になどなるか、と意気込んでいたのだが……。

「お嬢《じょう》さん。こちらにどうぞ」

と腰を低くして言った従者には、うなずくしかできなかった。


連れてこられた邸は、瀟洒《しょうしゃ》な石造りの建物だった。暗闇に灯された松明《たいまつ》の明かりだけでは色彩まではよくわからないが、使われているのはおそらく砂岩だろう。白い床は大理石を敷き詰めたものと思われる。新築ではなさそうなので、既存の家を借り受けたものだろうが、支配国の皇族が住まうにふさわしい立派な邸宅だ。

客間というほど大袈裟《おおげさ》ではなく、居間というには畏《かしこ》まった部屋に通される。葦《あし》で編んだ椅子《いす》に座って待っていると、奥から出てきたのは真っ白な髪と髭《ひげ》をたくわえた、壮年の医師だった。

眠たそうな顔も迷惑そうな顔も見せず、医師はてきぱきと傷口を洗浄した。だがナルメルのほうは、こんな年配の人を夜の夜中に叩き起こして申しわけないと、身がすくむ思いだった。

「これで大丈夫でしょう。あとは化膿《かのう》しないように気をつけて……」

亜麻布《あまぬの》を巻き終えたあと、はじめて医師は微笑《ほほえ》んだ。

相手を安心させることを意識した口調に、ナルメルはぺこりと頭を下げた。

「すみません。こんな時間帯に」

「いえ。私は元々軍医ですからね。緊急の診察には慣れております。そのぶん女性の診察は不慣れですが」

そこで医師は悪戯《いたずら》っぽく笑った。茶目っ気《け》のある表情に、ナルメルの緊張も少しほぐれる。

ブラーナ人相手に、こんな穏やかな気持ちになるなどと考えたこともなかった。

「昨年もアリアス殿下に付き従って、東の地を半年もまわっておりました」

「殿下は戦争に参加されていたのですか？」

あからさまに驚いたふうにナルメルは尋ねた。あんな無責任極まりない態度や言動をとる人間が、半年も戦場にいたなんて意外すぎる。ブラーナは皇帝が率先《そっせん》して参戦するような国だから、皇子が戦《いくさ》に参加すること自体は当たり前のことなのだろうが。

建国以来帝国主義を貫《つらぬ》きつづけているブラーナは、他国とは比べ物にならないほど尚武《しょうぶ》の気風が強いのだという。国を守る皇族は、政治家であり軍人でなくてはならない。二十年前ネプティスに侵略し、王都マリディを陥落《かんらく》させた故クレイオス将軍も、現皇帝の実弟だった。

「ええ。大変勇ましい、優秀な軍人でしたよ」

何気ないように医師は言ったが、でした、という言い方に引っかかった。

だがそのことを深く追及することはできなかった。

蓮《はす》の花の紋様を織《お》りこんだ帳《とばり》があがり、奥からアリアスが入ってきたからだ。

「遅くにすまなかったな。もう休んでくれ」

医師に慰労《いろう》の言葉をかけると、アリアスはナルメルのむかいの椅子《いす》に腰を降ろした。二人の間には大理石の天板を使った、小さな卓が置かれていた。

ナルメルは気まずげに肩をすくめた。こんなふうにむかいあって、いったいなにを話せばよいのだろうかと思い悩んでいるところにアリアスが言った。

「いまから帰っても危ないだけだ。侍女に部屋を用意させているから、今晩はここに泊まれ」

「……と、泊まるって、ここにですか？」

驚くナルメルに、アリアスはうんざりとしたふうに言った。

「さっきも言っただろう。お前のような乳臭《ちちくさ》い娘にそんな気にはならん」

重ね重ねの無礼な発言に、この場で立ち上がって出て行こうかと思ったほどだ。こっちだってあなたのような失礼な男はお断りだ、そう言いたい気持ちをこらえ皮肉気に言いかえす。

「そうでしょうとも。それでなくてもマリディ一の繁華街《はんかがい》を、たっぷり堪能《たんのう》していらしたばかりなのですから」

「いや、今晩は気晴らしにと、将軍達に無理矢理連れ出されたようなものだった。気乗りしなかったから、途中で逃げてきたところをお前に会った」

ナルメルは苦い物を噛《か》んだような顔をした。

真面目《まじめ》にかえされるということは、皮肉が通じていないということである。

「そうですか。マリディの娘はお気に召しませんでしたね。やはりアルカディウスの女性のほうがお好みですか？」

「……お前、未婚の娘が、なにを酒場か娼館《しょうかん》の主人みたいなことを言っているんだ」

今度は呆れた顔をされた。確かに未婚の娘が口にする言葉ではない。

「質問に答えるなら、そんなことはけしてない。どこの国でもきれいで優しい女は、男の心を安らげさせてくれるものだ」

反論のしようもない正論を言われて口をつぐむ。

「ああいった独立分子達の行動は、わりあいに頻繁《ひんぱん》なのか？」

急に真面目なことを尋《たず》ねられ、ナルメルはきょとんとする。

少し考えて、曖昧《あいまい》な口調で答えた。

「そうですね、それなりに聞きます。近頃はそう大きな被害はありませんが………」

「確かに思想も信念もない。あれではただのチンピラと変わらん」

心底軽蔑《けいべつ》したように言ったあと、彼は表情を改めた。

「だが支援している人間がいるから、これほど長く活動ができるのだろうな」

アリアスは何気なく言ったつもりだろうが、冷静な言動に驚かされる。

おまけに生命《いのち》を狙われたというのに、怯《おび》えたようすも興奮したようすもない。

戸惑いがちな顔をするナルメルに、アリアスは言葉をつづける。

「イルナとか言ったな。あの娘、元々の身分は低くないぞ」

ナルメルは目を丸くする。言うまでもなく先刻、似たようなことを思った。

アリアスにしなだれかかる娘を見て、安い店で働く者ではなさそうだと感じた。

確かに有力な貴族や王族の一部が、独立分子達を支援しているらしい、とは聞かされたことはある。ブラーナ総督府《そうとくふ》の介入《かいにゅう》により、これまで無条件に恩恵を受けていた貴族や王族は、随《ずい》分《ぶん》と不遇な立場におかれるようになっている。その反動というところだろうか？　だとしたらあのイルナという娘が、そういった人間の配下にある者だということも考えられる。

そのとき帳のむこうで声がして、ネプティス人の侍女《じじょ》が入ってきた。

彼女が掲《かか》げた木彫りの盆の上には、二つの杯《さかずき》と細身の壺《つぼ》が載せられていた。

卓の上に盆を置くと、侍女は壺の中身を杯にそそいだ。黄金色に光る飲み物は麦酒《ビール》である。

アリアスはすぐに手を伸ばしたが、客の立場で同じ真似《まね》をするわけにはいかない。

侍女に薦《すす》められてから、ようやくナルメルは杯に右腕を伸ばしかけた、のだが——。

「っ……」

動かしたはずみに鈍い痛みを感じて、思わず表情をしかめる。

アリアスは椅子から身体《からだ》を起こした。

「なんだ、痛むのか？」

心配そうな口調にナルメルはあわてた。こういうふうに接されると、悪い人だとは思えなくなる。ともかくこれ以上大袈裟《おおげさ》に心配されては、かえって居たたまれない。

「い、いえ、たいしたことはありません。それより殿下こそ、左腕を怪我《けが》なさっているのではありませんか？」

その言葉にアリアスはかすかに表情を強張《こわば》らせた。

（え？）

目を丸くするナルメルに、アリアスはなにかを振りきるように軽く首を揺らした。

彼は身体の横で軽く曲げた左腕をゆっくりと伸ばし、軽く振った。肩よりいくぶん低い位置まで来ると、彼の腕はぎこちなく止まった。

それは妙な剣の構え方や、太刀捌《たちさば》きから十分予想していた動きだったのだが――。

「これが一年前の戦《いくさ》でやった怪我だ」

つとめて平静を装うような口調にナルメルは臍《ほぞ》をかんだ。

一年も前の怪我。ということは、アリアスの腕は一生このままだということである。

優秀な軍人でした、という物言いは、つまりそういう意味なのだ。

今後戦場に立つことはできても、先陣を切って駆けだすことはできない。それが尚武《しょうぶ》の風潮の強いブラーナにおいてなにを意味するのか、ナルメルには漠然《ばくぜん》としかわからなかった。

「失礼しました」

居たたまれない思いで頭を下げると、アリアスは無言で杯をあおった。

「お部屋の準備ができましてございます」

帳《とばり》のむこうから、別の侍女が声をかけた。気まずい空気を察したのか、給仕をした侍女が目配せをする。すがりつくような思いでナルメルは立ちあがった。

「で、では、私はこれで……」

アリアスはなにも言わず、軽くうなずいただけだった。

第二章　とまどう思い

それから二日後。近衛侍従長《このえじじゅうちょう》の召集を受け、当番以外の近衛兵が広間に呼び出された。

百人ほどの兵を集めて行われた最初の報告は、先日御前《ごぜん》会議でも議題にあがったマリディの治安の悪化についてだった。この件にかんしては総督府《そうとくふ》に再度厳しく申し入れ、マリディの治安部隊とブラーナ兵がともに巡回をすることで、ひとまず決着がついたのだという。

ナルメルは、果たしてその決断にアリアスはかかわっていたのだろうかと思った。

それにしても総督府に王宮が抗議するなど、傀儡《かいらい》であった前王の時代であれば考えられない事態である。

近衛兵達は街の巡回にかんしてお役ごめんとなった。不慣れな業務に疲弊《ひへい》していた兵達はいちように胸をなでおろしたのだが、次の侍従長の言葉でふたたび緊張した。

「昨日、河川工事現場へむかう運搬車両が攻撃された」

穏やかならぬ言葉に、兵達はいっせいにざわつきはじめた。

「警備兵が側にいたおかげで怪我人《けがにん》はなかったが、犯人には逃げられた。みな知っていると思うが、先日も長官として赴任《ふにん》されたアリアス・カトゥス殿下が襲撃されたばかりだ」

ナルメルはぴくりと肩を揺らした。わざわざ報告するまでもなく、あの一件は翌日には、もう侍従長の耳に入っていた。もちろん犯人が独立分子であることも。

「で、ではその車両の襲撃も、独立分子の仕業《しわざ》……」

兵の質問に、侍従長は重々しげにうなずいた。

「おそらくそうだろう。車両には工事に必要な木材や金属が積載してあった。それだけでもかなりの資金源になる。それにやつらは、ブラーナ人を一人残らずこのマリディから追放しようと考えているぐらいの連中だからな。そのためにはネプティス人を巻添《まきぞ》えにすることも厭《いと》わない。現に今回襲われた者達は、荷物を運んでいたネプティス人だった」

それは巻添えではなく、未必《みひつ》の故意というやつだと、心の中でナルメルは反論する。

独立分子達にとってブラーナに協力するネプティス人は、同胞《どうほう》ではなく敵なのだ。アリアスとともに襲撃を受けたナルメルは、そのことを痛感している。

確かに自国を占領されておきながら、彼らと協力態勢をとる王宮の姿勢をなんの抵抗もなく受け入れることは難しい。破壊活動を肯定する気持ちは毛頭《もうとう》ないが、一部の人間が王宮のやり方に反発を抱くことは仕方がないとは思う。だとしても賦役《ふえき》で働かされている一般の民や奴隷《どれい》達まで、無差別に攻撃するなどあんまりではないかと、ナルメルは憤慨《ふんがい》した。

「今後王宮の警備には、ますます力を入れなければならない。王妃《おうひ》様と王太子様には、とうぶん外出を控えていただくようお話しした。国王陛下はそういうわけにもいかぬゆえ、さらに警備を強化するしかあるまい」

侍従長の言葉にナルメルは怒りから立ち戻った。兵達は深刻な顔でいっせいにうなずいている。負担は増えるが主君を守るためにはしかたがないと、みな納得しているようだった。だが、次の侍従長の言葉には、全員困惑の色を隠さなかった。

「加えて先日襲撃されたアリアス殿下の警備を、こちらでも請け負うことになった」

言われてみればとうぜんの処置である。ネプティス人がブラーナ人を襲撃したのだから、ネプティスにはアリアスの安全を守る義務がある。それを承知したうえで、広間には反発の空気がただよっていた。

もしこれが襲撃された技術者とかであれば、衛兵達は侍従長の言葉を素直に受け入れただろう。だがアリアスの御前会議での無責任な発言は、王宮中に知れわたっている。そんな人間をこちらが犠牲《ぎせい》を払ってまで護衛しなければならないとあれば、反発を抱いてとうぜんだ。

「選ばれた者には、班長を通して連絡する。ひとまずは解散とする」

兵達は不満と不安の色をにじませつつ、自分達の持ち場に戻るために広間を出て行った。

だがナルメルはその場に立ったまま、短い間躊躇《ちゅうちょ》していた。

やがて決意をしたように呼びかける。

「侍従長」

机の上で、気難しい顔で羊皮紙《ようひし》を眺めていた侍従長は顔をむける。

「ナルメル・アシャット。なんだ？」

「私をアリアス殿下の護衛にしていただけませんか」

想像もしていない要望だったのか、侍従長は目を白黒させた。

短い間をおいて、不思議そうに彼は尋《たず》ねた。

「いったいどうして？」

「あのお方には、幾度か助けていただいたことがあるのです」

単刀直入《たんとうちょくにゅう》に言うと、侍従長は疑わしげな顔をする。だがすぐに思い出したように尋《たず》ねた。

「顔見知りだったのは、それが理由なのか？」

アリアスが王宮にはじめて来た日のことを言っているのだろう。

ナルメルははっきりとうなずいた。

「それ以外にも、先日反乱分子に襲撃されたときも医師の世話をしていただきました」

考えてみれば、あれもこれもまともに礼を言っていないのだ。ここで彼の護衛を勤めることで、少しでも恩返しができるのならそれにこしたことはない。もちろんこれは仕事だから、純粋に恩義を感じて、というのも語弊《ごへい》があるのだろうが。

「あの殿下がか？」

侍従長はひどく意外そうな顔をした。この反応からして、アリアスが王宮側から持たれている反発は相当なものなのだろう。だが、それが幸いした。

「正直助かった」

「え？」

「いや、あの殿下の顰蹙《ひんしゅく》ぶりを考えると、誰をつかせるにしても申しわけなくてな」

心底安堵《あんど》したように言われ、ナルメルはなんとも複雑な気持ちになる。

それでも不思議と自分の申し出を〝はやまった〟とは、思わなかった。


その足で侍従長とともに、総督府《そうとくふ》のアリアスの部屋を訪れた。

ちなみに総督府は王宮の内部に造られており、中庭の一角にある大理石の建物がそれだ。

ナルメルが護衛に決まったことを告げると、あんのじょう露骨に不審気な顔をされた。

気持ちはわからないでもない。普通こういう役目は男性兵の仕事だ。だからといって他に誰もやりたがらないなか、一人でも立候補した人間がいればその者に任せるに決まっている。

そもそもネプティスが兵を出すこと自体が、あきらかな義理立てなのだ。

尚武《しょうぶ》の風潮の強いブラーナの総督府には、優秀な兵が山のようにいる。皇子の護衛にわざわざネプティスの兵を頼る必要はない。だがアリアスを襲った者がネプティスの反乱分子だというのなら、形だけでも誠意を見せなければ、というわけである。

「いらん、護衛など。ブラーナの兵で間にあっている」

こちらの本音が伝わったのか、ひどく面倒くさそうにアリアスは言った。

侍従長はあわてたが、彼のこんな物言いに慣れているナルメルは動じなかった。

「ですが大方のブラーナ兵は、工事現場で警備にあたっているのではないのですか？」

だから工事現場に行かないアリアスの護衛はできない、という意味である。

実際にアリアスは、工事に関心を示すどころか御前会議《ごぜん》にすら顔を出さない状態なのだ。強烈な当てこすりに侍従長は青ざめたが、ナルメルは平然としていた。子供のようなところはあるが、アリアスは自分の非は承知している人間だ。実際渋い顔をするだけで反発してこないアリアスに、侍従長は意外そうな顔をする。だがそれで安心したのか、簡単な礼をすませると、そそくさと部屋を出て行ってしまった。

二人残されて空気をもてあましていると、憮然《ぶぜん》としてアリアスが尋ねた。

「本気か？」

「ええ、どこにでもついていきますよ」

「俺が娼館《しょうかん》に行ったらどうする？」

「もちろん、ついていきます。扉の前で待っています」

想像でもしたのかアリアスはうんざりした顔で息をついた。

「言葉のあやだ。そんな場所には興味はない」

夜の繁華街《はんかがい》を歩いていた人間の台詞《せりふ》とも思えず、ナルメルは皮肉っぽく言いかえした。

「心に決めた相手がいらっしゃるのですか？」

「そんな相手がいるのなら、こんな遠方に一人でくるはずがないだろう」

いらいらしたようにアリアスは言ったが、ナルメルには彼の言い分がわからなかった。

首を傾《かし》げていると、さらにいらだったようにアリアスは言った。

「けじめをつけて、結婚して連れてくるにきまっている」

意外と誠実な言葉である。やっぱり根は真面目《まじめ》な人間のような気がする。

アリアスをこんなふうにしてしまった原因は、やはり腕の怪我《けが》なのだろうか？　尚武の風潮のブラーナにおいて戦いに参戦できないことは、相当の屈辱《くつじょく》にちがいないだろうが。

しかしこの発言から推察するに、どうやらアリアスのこの地での赴任《ふにん》期間は長いものになりそうである。だったらなおのこと、真面目に仕事に励《はげ》んでもらわなければならない。

確かにアリアスが動かなくても、総督府のあらゆる業務を進めることはできる。

だが皇子という立場にある彼が率先《そっせん》して部下を鼓舞《こぶ》すれば、この地に滞在しているブラーナ人達の志気はあがるだろう。仮の住処《すみか》で、ともすれば機械的になってしまう作業に対して、彼らの意識を高めるためにアリアスの存在は重要だ。

治安の件だってそうだ。彼がブラーナ兵達にむかってなにか言ってくれれば、ずいぶんとちがってくるだろう。彼らとてネプティス国王の命令より、ブラーナ皇子からの命のほうが受け入れやすいにちがいない。なにより国王に対する総督府の警戒を招かないためには、アリアスの存在は重要だった。

「では参りましょう」

「……どこに？」

「昼から第二地区の視察が入っていたはずでしょう。いまから行かないと日が暮れて、工事が終わってしまいますよ」

「どうしてお前がそんなことを知っているんだ」

「護衛を引き受けたのですから、とうぜんです。むこう一週間の殿下の御予定は、総督府の秘書から把握《はあく》済みです」

アリアスはあからさまにうんざりとした顔をしたが、そんな反応は最初から承知の上だ。嫌がる人間に無理強《じ》いをしているのだから、反発されないほうがおかしい。

なおも椅子《いす》から立ち上がろうとしないアリアスに、慇懃《いんぎん》にナルメルは言った。

「外套《がいとう》をお持ちしましょうか？」

「いらん」

乱暴に言い捨てると、アリアスは椅子を蹴《け》り倒すような勢いで立ち上がった。

そのままナルメルのほうを一顧《いっこ》だにせず、ずかずかと部屋の外に出て行った。

太陽が天頂付近にある時間の日差しは、焼けるように熱い。そんなことマリディ市民はおろか、沙漠《さばく》の民には常識である。だがこのわがまま殿下は沙漠の民ではない。並列して騎馬で進むアリアスの様子を、ナルメルはそっとうかがう。

「ったく、くそ熱い」

予想通りのぼやきに、ナルメルは肩をすくめる。太陽は天頂から少し西に傾いているが、日が暮れるにはまだ間がある。それでなくても濃い色のダルマティカだけでは、頭や顔にあたる日差しがきつすぎるだろう。だから外套を持っていこうと言ったのに、という言葉は呑《の》みこんで、肩にかけていた鞄《かばん》から白い亜麻布《あまぬの》を取り出す。

「よろしければおつかいください」

とつぜん声をかけられ、アリアスは驚いたように馬を止める。そうなるとナルメルも止めざるをえない。そのままこちらをむけばよいことなのに、と思った。

いっぽうのアリアスは、虚を衝《つ》かれたような顔でこちらを見下ろしている。

また捻《ひね》くれた反発をされるのではないかと、ナルメルは身構えたのだが……。

「かたじけない」

耳を疑った。呆気《あっけ》に取られるナルメルを尻目に、アリアスは亜麻布を素直に受け取った。

背に腹は代えられない、とでも思ったのだろうか？　それでも数々の自分の非礼に自覚はあるのか、そむけられた象牙《ぞうげ》色の頬《ほお》はうっすらと赤くなっている。

「い、いえ。お役にたてたのなら幸いです」

早口で言うとアリアスはうなずき、亜麻布を金色の髪にまきつけた。

あとは二人とも無言で馬を進ませた。なんとも気まずい沈黙の中、手綱《たづな》を握りしめる。

早く着かないかと祈るように思っていると、背後から蹄《ひづめ》の音が聞こえてきた。

アリアスの側に自分の馬をよせると、ナルメルは素早く剣の柄をつかんだ。

緊張した面《おも》持ちで、蹄の音が聞こえてくるほうをにらみつけた。

「ふむ……」

低くアリアスはつぶやいた。

「その動きを見ていると、お前、やはり腕は悪くないな」

「お褒《ほ》めにあずかり光栄です。ですが相手の正体がわからないのですから、あまり悠長《ゆうちょう》に構えないでください」

早口に文句を言うと、アリアスは軽く肩をそびやかした。

「心配しなくても蹄《ひづめ》の音は一頭分だ。敵が一人なら、片腕でもなんとかなる」

自嘲《じちょう》にしては、やけにさばさばした物言いでアリアスが言った。

緊張を保たねばならない情況にもかかわらず、ナルメルは呆れた。

この人は相手が自分より〝強い〟ということは考えていないのだろうか？　まあ先日の歓楽街での立ち回りから考えても、相当に腕のたつ剣士であったことは想像できるが。

だが心配は杞憂《きゆう》におわった。次第に大きくなる蹄の音とともにあきらかになった姿は、先日繁華街《はんかがい》でも顔をあわせた従者だった。着ているものはダルマティカだが、ネプティス風の丈《たけ》の長い外套《がいとう》をはおり、日除《ひよ》けのための頭布を巻いている。

「殿下！」

半馬身ほどの距離を置いて、従者は馬をとめた。追いかけてきたのだろう。馬も騎乗者も息が荒い。

「レウス……」

「出られたと聞いて、あわてて追いかけてきました」

多少恨《うら》みがましさは残しているが、レウスと呼ばれた従者の口調に陰湿なものはない。むし

ろ本当に心配してきたことがわかる、主人に対しての忠義がうかがえるものだった。

しかし予定があるにもかかわらず、従者であるレウスが側を離れていたということは、彼もアリアスが現場に出向くなど思いもしていなかった、ということである。

「先日、襲撃を受けたばかりだというのに、なにかあったらどうなさるおつもりですか」

「かまわん。いまは俺が死ぬよりお前が死んだほうが、ブラーナ軍にとっては痛手だ」

意味深な台詞《せりふ》に、ナルメルはどきりとする。戦場に出られない自分より、一兵卒《いっぺいそつ》に過ぎないであろうこのレウスのほうが有用だということである。

ブラーナの男性の価値観、尚武《しょうぶ》の風潮を如実《にょじつ》に表している言葉である。

（やっぱり……）

この人がこんなふうにふるまっているのは、左腕の怪我《けが》のためなのだろうか。二人の言い争いを眺めながら、ナルメルは思った。もっとも言い争いといっても文句を言うのはレウスのほうばかりで、アリアスは投げやりに受け流していたのだが。

言いたいことを言い終えたのか、それとも言っても無駄《むだ》だと思ってあきらめたのか、レウスは肩で息をついた。そして思いだしたように隣にいるナルメルに目をむけた。

「あなたは？」

「ネプティスが用意した、俺の護衛兵だそうだ」

投げやりなアリアスの言葉に、レウスは信じがたいという顔をする。

ブラーナのような価値観を持つ国では、女が男の護衛につくなどありえないのだろう。

もちろんネプティスだって、そういう役回りは大抵男だ。だが、他に志願者がいなかったのだからしかたがないとはさすがに言えず、ナルメルは視線を地面にむける。

「そんな顔をするな。この娘、腕は悪くないぞ」

意外なアリアスの助け舟に、ナルメルは驚いて顔をあげる。

だがアリアスはいつものとおり、余計な言葉を付け加えた。

「まあ、自分はともかく、他人まで守れるかどうかはわからんがな」

ひどく皮肉気に言われた言葉に、レウスはかすかに顔を強張《こわば》らせた。だがそれ以上に、その言葉に動じたのはナルメルのほうだった。胸に深々と杭《くい》を打ちこまれたような衝撃から、ナルメルは息をつめた。ふっくらとした唇を固く結び、なにかを探すように足元を見る。

本当だ。あのとき、もう少し自分に力があったのなら――。

どれほどの月日を経ても、なおも薄れない光景に、ナルメルは表情を固くした。

「おい、どうした？」

訝《いぶか》しげな声にようやく顔をあげる。その瞬間、アリアスは眉根《まゆね》をよせた。

「……なんだ、具合でも悪いのか？」

「いえ、大丈夫です」

不自然なほど素早く答えると、なにか尋ねようとするアリアスを無視して手綱を操る。

アリアスは訝しげな顔のまま、ならうように手綱を操った。

しばらく三人で道を進んでいると、やがて堤防のむこうに工事現場が見えてきた。

第二地区はマリディの市街地から、騎馬で一刻ほどの距離の河川敷《かせんじき》だ。

決められた地区から灌漑路《かんがいろ》を延ばし、周辺の土地に水を供給することが今回の工事の目的だった。マリディから北上し、ネプ河沿いに指定された灌漑地区は八箇所《かしょ》ある。土地が低く、水害の被害が著しい箇所ばかりである。もちろん八箇所全部を一度に手をつけることなどできないから、ひとまず一《いちじる》、二区を同時にはじめ、経過を見ながら徐々に工事を進める計画だ。

堤防から見下ろすと、河川敷を埋め尽くさんばかりの数の工夫《こうふ》達が作業に勤《いそ》しんでいた。

その規模にナルメルは圧倒された。鋤《すき》で土を掘りだす者のかたわらで、籠《かご》を持って泥を運び出す者もいる。木を運んでくる者がいれば、槌《つち》で杭を打ちこむ者もいる。

(本当に大工事なんだ……)

現場を見て、あらためて実感する。

母なる大河ネプ。太母神《たいぼしん》の恵みを、一人でも多くの国民が享受《きょうじゅ》できるように。

そして怒りからは、一人でも多くの国民が逃れられるように。

女神の子孫である国王は、国を挙げての工事を計画した。

そのために、親の仇《かたき》である支配国にも礼を尽くしたのだ。

「殿下」

聞きなれぬ声に、ナルメルはわれにかえった。隣でアリアスが訝しげな顔をする。

堤防を上がってきた人物は、胴鎧《どうよろい》をつけた壮年の男性だった。

レウスがあわてて馬を下りた。この反応や服装から考えて、おそらく将校だろう。彼は馬上のアリアスを見上げた。深い皺《しわ》に囲まれた瞳を大きく見開き、驚きを隠そうともしない。

「とつぜんお見えになるとは驚きました。今日はご気分が優れないようだと、そこのレウスから聞いていたものですから」

「……ああ、朝は確かにそうだった」

気まずい顔をするレウスを無視して、アリアスはさらりと言った。

どれだけサボっていたんだ、この人は。呆《あき》れ半分と怒り半分でナルメルは顔をしかめる。

今日だってナルメルが無理強《じ》いしなければ、きっと仮病を理由に総督府《そうとくふ》の長椅子《ながいす》で寝ていたにちがいない。

アリアスはおざなりに河川敷を見下ろした。

「無事に進んでいるようだな」

他人事《ひとごと》のような言い草に、ナルメルはかっとなった。

「無事じゃありません。昨日ここに荷物を運搬《うんぱん》するはずだった車両が攻撃されたのを、ご存じないのですか！」

気がついたら強い口調で言っていた。

まわりにいた三人の男達は、驚きでしばし絶句した。やがて将校がひとつ咳《せき》ばらいをする。

「なんだ、娘。そなたは？」

「俺の護衛だ」

面倒くさそうなアリアスの言葉に、将校は軽く瞬きをする。

「女ですが……」

「ああ、貴婦人ではないがな」

こういう状況でも、へらず口は変わらないようである。

いっぽうの将校は、一拍置いて引きつったような笑いを浮かべる。

「ご冗談を。ニキアの戦いでは英雄とまで謳《うた》われたアリアス・カトゥス殿下が、女に護衛をしてもらうなど……」

「あいにくだがな、いまの俺は女に護衛してもらわなければいけない状態なんだ」

さらりと言われ、将校はびくりと肩を揺らした。彼は息を止め、おそるおそる視線をアリアスの左腕にむけ、だがすぐに視線をそらす。

気まずい空気のなか、アリアスは表情を変えずに手綱《たづな》を握りなおした。

「では、助言に従うとするか」

「え？」

「襲撃された現場を見てくる」

言うなりアリアスは馬を走らせた。みるみる遠ざかってゆく後ろ姿を、ナルメルはぼうぜんと見送る。だが彼女はすぐに思考を取り戻した。

「お、お待ちください！」

叫ぶなりナルメルは素早く馬の腹を蹴《け》った。下馬していたレウスが鐙《あぶみ》に足をかけようとしていたが、そんなものを待っていたら引き離されてしまう。

堤防沿いに馬を走らせていると、ほどなくアリアスの背中が見えてきた。

よほど駿馬《しゅんめ》だというのならともかく、身体《からだ》が軽いぶん、速さではナルメルに分《ぶ》がある。

危険のないギリギリまで馬を近づけると、蹄《ひづめ》の音が聞こえたのか、アリアスはちらりとこちらを見た。

「殿下」

呼びかけると存外に素直に、アリアスは馬の脚を緩《ゆる》めさせた。

「なんだ」

ぶっきらぼうに言われ、覚悟していたとはいえナルメルは少々ひるんだ。

先刻の将校とのやり取りから、アリアスの機嫌が悪くなっていることは察知していた。もちろん原因が将校だけではなく、自分の叱責《しっせき》めいた発言にもあることは自覚している。

一拍置いて、気持ちを落ちつけてからナルメルは言った。

「すみません。出すぎたことを申しました」

「…………」

アリアスは返事をせず、先を流れる河に目をむけた。

太陽の光を受けた水面は黄金に輝きながら、流れを感じさせない平坦さでゆっくりと北上して地平線と交わっている。堤防から下を見下ろすと、深く生い茂った葦《あし》が川岸を埋め尽くしている。沙漠地帯のマリディでは、植物の群生は水際に限定している。

「すごい河だな。まるで海だ」

脈絡《みゃくらく》のない言葉に、どう反応してよいのかナルメルは戸惑う。そもそも海を目にしたことがないのだから、返事のしようもない。だが返答など最初から求めていなかったのか、アリアスはとつぜん堤防下にむかって馬を走らせた。

あわててナルメルも後を追う。緩やかな堤防を下ることはさほど至難ではなかったが、舵取《かじと》りにはそれなりに気を遣う。しかし先を行くアリアスは、まるで競馬でもしているかのような勢いで馬を走らせている。

河川敷に降りてから、アリアスは下馬した。少しして追いついたナルメルも、ならうように馬を下りる。工事のために一部分が伐採《ばっさい》されたのだろう。降りたった先はちょうど葦《あし》が刈り取られ、先に河が開けていた。

「確かにこれだけの河があれば、沙漠地帯でも水に困ることはあるまい」

葦のむこうを流れる水面を見ながら、しみじみとアリアスはつぶやいた。

独り言《ひとりごと》なのか、同意を求められているのかわからず、ナルメルは返事に迷った。

「だがこれだけの水源が、一定箇所の農耕にしか使えないというのはもったいないな」

灌漑《かんがい》工事に興味を示したアリアスの言葉を、ナルメルは少し意外な気持ちで聞いた。

アリアスの言うとおり、豊かな水源のわりには、ネプティスの農耕地は未開発だった。

ネプ周辺に灌漑路は、まだ数えるほどの数しか作られていないからだ。それも古代の時代より使われてきた粗末なもので、引きこめる水量や距離には限界がある。それゆえ雨季にはすぐに氾濫《はんらん》し、周囲の農村に甚大《じんだい》な被害を及ぼしていた。

マリディ市街地に、洪水を予防するための水路が建設されたのは十五年前のことだ。発案も着工もブラーナの総督府によるものだった。

だが効果は次の雨季に如実《にょじつ》な形となってあらわれた。雨季に入れば必ず氾濫し、市内いたるところに流れ込んでいたネプの水が、その年はぴたりと静まったのだ。多くのマリディ市民はブラーナの技術に驚嘆《きょうたん》し、侵略者に対する反発を薄めていった。

ブラーナによる〝理知と平和〟を、実力で示したというべきだろう。

「今回の工事で灌漑路が形成されれば、もっと有効に使えるようになります」

石を吐きだすような気持ちで言った言葉は、どこか投げやりだった感が否《いな》めない。

アリアスは訝《いぶか》しげな眼差《まなざ》しをむけた。短い間をおいてから、彼はおもむろに口を開いた。

「訊きたいことがある」

こちらの意図を確かめる言葉に、ナルメルは驚いた。これまでの彼なら相手の気持ちなど確認せず、単刀直入《たんとうちょくにゅう》に言いたいことを口にしていただろう。

だがアリアスは、ひどく遠慮《えんりょ》がちな表情をしていた。

ますます信じられない気持ちになる。

「なんでしょうか？」

「お前達はブラーナに反発を抱いていないのか？」

想像もしなかった言葉に、ナルメルは瞳をぱちくりさせる。

この人は私の心を読んだのだろうか？　などと埒《らち》もないことを真剣に考えてしまった。

もちろん自分の心にある反発を、当事者の一人であるアリアスに素直に言うわけにはいかない。仮に言えたとしても、ブラーナに対する複雑な心境をうまく表現できる自信もなかった。かといってここでおためごかしを言っても、逆に機嫌を損《そこ》ねるだけのような気もする。

短い逡巡《しゅんじゅん》のあと、ナルメルは覚悟を決めた。

「私の気持ちだけを言わせていただけるのなら、街中をブラーナ人が歩いていることはさほど気にしておりません」

そこでナルメルは一度言葉を切る。

軽く首を傾《かし》げたアリアスの瞳を見据《みす》え、きっぱりとした口調で言う。

「ですが彼らをこの国の法で裁けないことには、反感を覚えております」

アリアスは片方の眉《まゆ》をかすかにひそめ、なにか思うように息をついた。

「俺はずっと気になっていることがある」

「はい？」

「自分の父親を殺した相手に、なぜ陛下はいまのような態度でふるまえるのだろう」

「…………」

「仇に対する激しい憎悪《ぞうお》も見せず、かといって支配国に対するへつらいもない。相手に対する尊厳を、自らの威厳《いげん》を保ったまま示されている」

理解しがたい、というようにアリアスは首を横にふる。

ナルメルは先日アリアスが、国王のことを〝父親の仇と馴《な》れ合うような相手〟と評したことを思いだした。

同じことを口にしながら、アリアスの口調は、あのときとあきらかにちがっている。

だからナルメルは、アリアスの言葉を真剣に受け止めた。

武力で国に押し入った侵略者であるかぎり、ネプティスはブラーナという国を、諸手《もろて》を挙げて歓迎することはできないし、してはいけないと思っている。

だがそのうえで、泥水を飲むような気持ちで彼らを受け入れなくてはならないのは、汚水でも水を飲まなければ人は生きていけないからだ。

「私のような立場の者に、国王陛下が抱えるものの大きさや重さはわかりませんが……」

おもむろにナルメルは口を開いた。

「それでもこの国のために、ブラーナの力が必要だということは承知しております」

灌漑《かんがい》工事だけにかぎらず、水道、集合住宅、農耕技術などブラーナがネプティスに与えた功績は計り知れない。閉鎖《へいさ》された環境にあった古代王国は、この二十年余りで百年に匹敵《ひってき》するほどの発展を遂げたといわれている。

なんとも複雑な顔をするアリアスに、ナルメルは静かに言った。

「私の母は、ネプ河の氾濫で亡くなったのです」

アリアスははっとしたように目を見開く。ナルメルは軽く唇を結ぶことで、動揺《どうよう》する心を抑えようとした。なんとか落ち着きを取り戻し、胸の奥から息を放つ。

「十二年前の氾濫のとき、母は私を連れて避難していました。水位があがって道と河の区別がつかなくなっていました。母は足を踏み外して、私の目の前で河に流されました」

あっという間の出来事だった。短い悲鳴に手を伸ばしたときには、母の身体はもう濁流《だくりゅう》に呑《の》まれていた。小さなナルメルの腕はあまりにも短く、母にかすりもしなかった。

つかまえたところで、五つの子供では一緒に流されるのがおちだった。

だから忘れろ、気にするなと家族は言った。だが、そんなことができるはずがない。

目の前からかき消されるようにして流されていった、あの瞬間の光景は目の奥に。ほんの一瞬だけで聞こえた短い悲鳴は、耳の奥に焼きついている。

あのとき、本当に助けることはできなかったのだろうか？

子供だからではなく、私だから母を助けられなかったのではないだろうか？

あの日以来、そんな自問とも自責ともわからぬ言葉が絶えず頭の中で繰りかえされる。

「……もういい」

ぽつりと言われた言葉に、ナルメルは物思いから立ちかえった。

顔をむけ、自分を見つめるアリアスの表情にどきりとする。いつもは傲岸《ごうがん》なほどに強い光を放っている青い瞳が、ひどく憔悴《しょうすい》していた。知らずに相手を傷つけたことに気がついて、自分がそれ以上に傷ついてしまったような眼差《まなざ》しだ。

「すまん。辛《つら》いことを言わせた」

「…………」

「お前にとって俺の質問は、母親の生命を天秤《てんびん》にかけさせたようなものだな」

ひどく苦しげに言われた言葉に、心が震えた。

気がついたら、ナルメルは強い口調で言っていた。

「いいえ、聞いてください」

アリアスはびっくりしたように目を丸くする。

かまわずナルメルは言葉をつづけた。

「ご存知かもしれませんが、かつてこの国の王宮はネプ河の中に建っておりました」

「……知っている」

ナルメルの剣幕に気圧《けお》されるように、アリアスはうなずいた。

かつて〝水の王宮〟と呼ばれたネプティスの宮殿は、諸外国にも有名な話だったらしい。河から産まれた神の子孫であることを誇示するために、この国の王宮は、ネプ河を巨大な水門で堰《せ》きとめ人工的に造りあげた中洲《なかす》に建てられていた。もちろん排水用の水路は造られていたが、貧相な技術では効果などたかが知れていた。必然雨季になると、マリディ市内は大きな氾濫《はんらん》にみまわれていた。それでも代々の王達は自分の神聖を体言化した水の王宮を手放そうとはしなかった。ブラーナの侵攻で、効率的な水路が造られるまでその被害はつづいた。

その王宮は、現在はネプの水底に沈んでいる。現王が即位と同時に、ネプ河を堰《せ》きとめていた水門を開いたからだ。ブラーナの手により水路が作られていたにもかかわらず、人々の安全を脅《おびや》かしてまで、こんな危ない場所に住む理由がないと断言したらしい。

処刑された国王とその異母妹であった王妃《おうひ》との間に生まれた、生粋《きっすい》のネプティス王族とも言える王の決断に、国民のみならず総督府《そうとくふ》も驚かされた。あのときのことは当時十二歳だったナルメルも覚えている。

現在水の王宮は、水位が下がった乾季の終盤にだけその片鱗《へんりん》を見ることができるが、懐かしむ者などほとんどいない。

「陛下の即位がもう少し早ければ、いえ、いっそのことブラーナの侵略があと五年早ければ、母は死なずにすんだとさえ思っています」

アリアスは、どう反応してよいのかわからないような顔をした。

もちろんこの言葉を額面通りに受け取り、ブラーナの侵略を歓迎している、と思うほど彼が愚かではないことはナルメルもわかっている。だからためらいなく言葉をつづけた。

「母の死の直接的な原因は水の王宮です。つまり代々の王達の責任です。陛下はその王達の直系です。ですが、私は陛下を尊敬いたしております」

国王のブラーナに対する思いが、自分と同じだとは思わない。

だが現状を是正《ぜせい》するために、本来なら憎むべき相手の力を必要としているところは同じだ。

「母のためにも、私はこの灌漑《かんがい》工事が無事に推進されることを心から願っております」

それなのに、ブラーナを受け入れることができないでいた。侵略された側として当たり前だと思っていたから、彼らの力を必要としている現実がナルメルを苦しめた。

だが先刻のアリアスの言葉――母親の生命を天秤《てんびん》にかけさせたようなもの――を聞いたとき、ナルメルは彼らを受け入れることができるような気がした。

アリアスが自分と同じように、迷いや怒り、そして思いやりなどの様々な感情を持つ人間だとわかったから、侵略されたという現実や反発を抱いたままでも、彼らが持つ人間性は受け入れられるように思えたのだ。

「そのためにはブラーナの、そして殿下。あなたの力が必要なのです」

すべて語り終えると、ナルメルは大きな荷物を降ろしたようなため息をついた。

気がつくとアリアスは大きく目を見開き、まじまじとナルメルを見下ろしていた。

「答えになっていませんか？」

おもむろにナルメルは尋《たず》ねた。そうだな、とアリアスは小さくつぶやいた。

「納得しきれない部分はある。少なくとも俺は、理不尽《りふじん》に加えられた暴力を超えて、そんなふうに先を見つめることなどできない」

それが正しいとか正しくないとかではなく、自分には理解できないだけだとアリアスは語った。そして一度口をつぐみ、思いきったように顔をあげる。

「だが歴然としていることは、お前が俺より広い心を持っていることだな」

自嘲《じちょう》というにはやけに神妙なアリアスの口調に、ナルメルは訝《いぶか》しげな眼差しをむける。

理不尽《りふじん》に加えられた暴力とは、左腕の怪我《けが》のことかと思った。だがあれは戦傷だ。少なくとも軍人の口から〝理不尽に加えられた暴力〟という言葉は出てこないだろう。

ということは――――思いついたらナルメルは迷うことなく尋ねていた。

「殿下も、誰か大切な人を亡くされたのですか？」

「お前達のように、自分に責任のないところで相手を亡くしたわけではない。戦争に参加しているかぎり、その覚悟はいつもある」

同じように迷うことなく答えたあと、アリアスは少し口調を和《やわ》らげた。

「だが……親友が亡くなるのは、やはりきつかったな」

ひどく寂しげな微笑に胸をつかれた。

個人を恨《うら》む心を口にしなかったナルメルを〝自分より心が広い〟と称したということは、彼が誰かを許せずにいるということなのだろうか？

かける言葉を探すナルメルの目の前で、アリアスは手近に伸びていた葦《あし》の葉をくるりと指に巻きつけた。長い葉をもてあそびながら、彼は独《ひと》り言《ごと》のようにつぶやいた。

「死んだ者が一番痛ましいが、残された者もやはり痛ましいものだ」

誰に対してともわからぬ言葉をつぶやくと、アリアスは指から草を解いた。

バネか生き物のように勢いをつけて、葦の葉は元の位置に戻った。

「ひねくれていると思われるかもしれないが、一言言っておく」

揺れる葉先を見ながら、アリアスは言った。

「地位や立場だけを求めるのなら、人はいくらでも代替《だいたい》がきく。この人間でなければならないという言葉は、相応の努力と実力を伴った者に対してだけ与える言葉だぞ」

けして皮肉気な物言いではなかったが、ナルメルはぎくりとした。

おべっかを使ったつもりはないが、確かにそう取られてもしかたがない言葉だった。

「残念ながら俺は、お前達の前でそんな立派なことをした記憶はない」

ナルメルは腹をくくった。この人に根拠のないお世辞《せじ》やおべっかは通用しない。

「では、ご自分のお立場にふさわしい努力をなさって、その実力を発揮してください」

きっぱりと言うと、さすがにアリアスは眉《まゆ》をひそめた。

あきらかに言いすぎで、身分や立場をまったく弁《わきま》えていない発言なのはわかっていた。

アリアスの印象が当初のままであれば、ナルメルもこんなことは口にしなかった。そんな人間を、立場や身分だけを理由に参加させても現場は迷惑するだけだろう。

だがアリアスの本質は、あきらかに当初感じていたものとはちがっている。

だからこそ、いまの自分のありようを彼が好ましく思っているはずがない。

果たしてアリアスは、渋い表情のままふいっと岸のほうに視線をそらした。

「立場にふさわしい……」

くぐもるような声でアリアスはつぶやいた。ナルメルははっとして顔をむける。

アリアスは軽く唇を結び、葦のむこうを流れる川面を見つめていた。

ナルメルは黙って、彼の横顔を見守った。

この人が自分の立場にふさわしくないふるまいをしていた理由は、先刻の言葉――お前が俺より広い心を持っている――が関係しているのだろうか？　つまりアリアスはなにかを許せずにいて、そのために心を荒らしていたのだろうか？

許せないなにか――それは、おそらく親友を討《う》った敵なのだろう。

しばらくそうしたあげく、アリアスはくるりとこちらをむいた。

「さて、行くか」

「お戻りになりますか？」

ナルメルは問い直す。アリアスは唇の端を吊《つ》りあげ、いたずらめいた笑みを浮かべた。

「襲撃現場を見に行くと言っただろう」

きょとんとするナルメルに、アリアスは小さく吹きだした。

「出任せだと思っていたのか」

「そ、その……」

図星をつかれてあわてるナルメルに、アリアスは声をあげて笑った。

見抜かれている、そう思ったナルメルは観念した。

「その……、すみません」

恐縮するナルメルに、アリアスは鼻を鳴らした。

「別に好き勝手をしたのは俺だ。お前が気づかう必要はない」

「いえ、説教めいたことを言ったりして、私が失礼なことを言いました」

「いまさら。はじめて無礼な口をきいたような言い草だな」

一瞬たじろいだが、アリアスの表情が明るいのですぐに気持ちがほぐれた。

「だが、残念ながら先刻の発言は出任せだ。あんなことがあったばかりの現場に、お前と二人で行くわけにはいかん。別の者に視察にいかせるか、後日護衛を増やして出かける」

まっとうな台詞《せりふ》に反論はできなかった。

護衛は私一人で十分だ、などと言えるほどナルメルも無謀《むぼう》ではない。

「まあ昨日襲撃があったばかりのところに、また襲撃があるとは思わんがな」

そこまで言って、アリアスは思いだしたように辺りを見回した。

そしてこれまでナルメルが見たこともない、真剣そのものの瞳でつぶやいた。

「運搬経路を変えるようにしたほうが、いいかもしれん」


単なる思いつきか気紛《きまぐ》れかと思っていたら、翌日の会議でアリアスはそのことをしっかり言ったらしい。変えるというから『これまでの道を使わない』ということか思ったが、実際にはいつも同じ道を使わないようにする、という意味だった。

運搬経路を何通りか決め、その日によって使用する道を変えるのだという。

確かに決まった道を通らなければ、待ち伏せされる危険性も少なくなる。もちろん時間もばらばらにすることが前提だ。整備されていない道を行くのはそれなりに至難《しなん》だし、距離も長くなる。だがこのさい多少の不便には目をつむるしかない。襲撃されるよりはずっとましだし、仮に独立分子が各方の道に配置されても、分割されたぶん戦力は弱くなっている。

言っていること自体は特に目新しい話ではない。

だが今までの無気力ぶりを知っているだけに、王宮側も総督府《そうとくふ》側も驚かされたらしい。

やる気満々というほどではないが、彼なりに義務を果たそうとする姿勢を見せはじめたアリアスに、王宮と総督府は権力の均衡を取り戻していった。

ナルメルは安堵《あんど》したが、時にはそれで不都合が生じることもある。

その日は会議がやたらと長引き、ナルメルとレウスは、当初の予定より一時間以上長く待たされたのだ。赴任《ふにん》当初のアリアスであれば、腹痛でも理由にして途中で退出していただろう。それ以前に会議に出席していいなかったのだから、考えてみればものすごい改心ぶりだ。

「根が真面目《まじめ》な方だから、いい加減になりきれないいんですよね」

待合室であくびをかみ殺していると、隣に座っていたレウスが〝やれやれ〟といった調子でつぶやいた。ナルメルは身を乗りだして問いかける。

「やっぱり、そうなんでしょう？」

質問というより確認するように言うと、レウスは苦笑を浮かべた。

「真面目というより、責任感や義侠心《ぎきょうしん》が強い、と言ったほうが近いかもしれませんが……そのような方ですから、若い兵から圧倒的に支持されておられました」

「あんなふうに投げやりになったのは、左腕の怪我《けが》のせいですか？」

遠慮《えんりょ》のないナルメルの問いに、レウスはなんともいえない表情をする。

一拍置いてから、彼は自信がなさそうに言った。

「それは大きいかもしれませんね。ご本人はあの戦場で生きて帰れただけで、もうけ物だと仰《おっしゃ》っておられますが……」

「それほど大きな戦争だったのですか？」

レウスは、今度ははっきりとうなずいた。

「勝つには勝ちましたが、ここ数年の間ではいちばん大きな被害を出しました。戦死した兵達の中には、優秀な将校も多数含まれておりました」

――勝っても大きな被害を出した。

あたり前のことなのに、ナルメルは釈然としないものを感じた。

話に聞くブラーナ軍の勇猛《ゆうもう》さはさながら鬼神のごとくで、人間的な温情や弱さなどかけらもうかがわせなかった。

いまのレウスの言葉は、その像とはあきらかに異なっている。

当たり前だが勝った側とて、ひとつも傷ついていないわけでないのだ。そのことに気がついて、妙な感慨《かんがい》を覚える。もちろん『だから占領されてよい』などということには絶対ならないが、それでも同じように傷つく人間なのだということを思い知らされる。

「あの戦いでは、殿下の親友であられた将校も戦死なされました」

「あ、それはご本人からうかがいました」

レウスは少しばかり意外な顔をした。出会ってそれほどの期間もたっていない、しかも外国人の小娘相手に、そこまで立ち入った話をしているとは思わなかったのだろう。

だがあのときはナルメル自身も、相当に立ち入ったことを口にしてしまっていた。

伝えたいことは確かにあった。だが場の空気というか、雰囲気《ふんいき》みたいなもののほうが強かったように思う。日を改めた今であれば、あれほど心をさらけ出すことはできないだろう。

やがて扉のむこうから、会議の終了を知らせる声があがった。

ナルメルとレウスは急いで立ちあがり、会議室にむかった。

大きく開かれた象嵌細工《ぞうがんざいく》の扉のむこうから、ぞろぞろと要人達が出てくる。

随分《ずいぶん》と後のほうになって、ようやくアリアスが姿を見せた。

呼びかけようとしてナルメルは思いとどまった。アリアスの表情がひどく気むずかしげだったからだ。レウスも気がついたのか、戸惑いがちな顔をしている。

(なにかあったのかしら？)

眉間《みけん》にしわをよせたまま近づいてくるアリアスに、ナルメルは首を傾《かし》げた。

「なにかあったのですか？」

レウスが尋《たず》ねた。なにか面倒な議題でもあがったのだろうか？

それにしては、他の高官達はずいぶんと気楽な顔をしていたが………。

「どうしてわかる？」

「顔を見ればわかります」

素早くナルメルは言った。アリアスは思いだしたようにナルメルを見た。

「ああ、お前がいたな」

「は？」

「ちょうどよかった。今晩出かける。ついてこい」

とつぜんの命令に、ナルメルは目を白黒させる。護衛なのだから、昼であろうと夜であろうと命じられればついてゆくつもりだが、夜の繁華街《はんかがい》などと言われればやはり気がすすまない。

そういえば以前、娼館にだってついてゆくと豪語したことを思いだしたじろいだ。

「ど、どこに行かれるのですか？」

「ガイス将軍の家での晩餐会《ばんさんかい》だ。先刻強引に招待された」

いかにも気乗りしないふうのアリアスの言葉に、ナルメルは胸をなでおろした。

王宮近くにある彼の家なら、風紀面でもだが安全面でも繁華街よりよほど安心だ。

「わかりました」

「時間がない、すぐに戻るぞ」

急《せ》かすようなアリアスの口調に、ナルメルは驚いて尋《たず》ねた。

「え、何時からですか？」

時刻は三時を少し回ったばかりである。この時間でその台詞《せりふ》が出てくるということは、開始がよほど早いのかだろうか。

「六時だ」

「……でしたら、そんなに急がなくても」

「支度《したく》がある。さっさとしろ」

早口に言うと、アリアスは一人で歩きはじめた。

ナルメルとレウスは顔をみあわせた。ブラーナ人の男性は、身支度にそれほど時間をかけるものなのだろうかと思ったが、訝《いぶか》しげな表情のレウスを見るとそうでもなさそうだ。

そんなことを考えている間に、アリアスはずんずんと廊下《ろうか》を進んでゆく。

不思議に思うところはあったが、ここで置いていかれるわけにはいかない。ナルメルはレウスとともに、アリアスの後を追いかけた。


邸《やしき》に着いたとき、思いもかけない事態がナルメルを待ち受けていた。

アリアスから命を受けた二人の侍女《じじょ》によって、ほとんど力ずくで浴室に引っ張っていかれ全身を磨《みが》きあげられたのだ。沙漠《さばく》の国ではなにより贅沢《ぜいたく》とされる入浴を、こんな大きな浴槽《よくそう》でするなどはじめてのことだった。ネプのほとりで水浴びはしても、屋内では盥《たらい》に水を汲《く》んで、行水や身体《からだ》を拭《ふ》くことがせいぜいだ。

ことはそれだけでは終わらず、そのままモザイクで床を飾った化粧室《けしょうしつ》に連れていかれた。

自分の身になにがおこっているのかわからずあたふたしたが、かまわず侍女達は自分の仕事を淡々とこなしてゆく。押さえつけるようにして座らせられた椅子《いす》の正面には、質のよい鏡を使った鏡台が据えてあった。

「さ、次はお召しかえを……」

言うなり侍女は亜麻布《あまぬの》の浴衣《よくい》を脱がせようとした。

ナルメルはぎょっとして、飛ぶようにして立ちあがった。

「じ、自分で着替えます！」

冗談ではない。浴衣の下は裸なのだ。いくら同性同士でも、服を着ている相手の前で自分ひとりが裸になることは抵抗がある。そもそもなんだって着替えなどさせられるのか、それがわからないのだから不気味なことこのうえない。

「一人では無理ですよ」

それまで無表情だった侍女が、はじめて朗《ほが》らかに笑った。

ナルメルは絶句する。一人で着替えることができないなんて、いったいどんな衣装《いしょう》だ。

二人の侍女に口をそろえて座るように促され、ついにナルメルは観念した。

浴衣を脱がされ、素肌にひやりとした感覚を覚えたときは身体が熱くなった。

肌着をつけたあと、すぐに袖《そで》なしの真紅《しんく》の貫頭衣《かんとうい》を着せられた。たっぷりと襞《ひだ》がよせられた衣装は、腰に金色の飾り帯を結び、裾《すそ》には黄金の糸で刺繍《ししゅう》がほどこしてあった。

帯を結びおえると、つぎは肩からケープをかけられた。

「じっとして」

軽く叩くように頬を押さえられ、今度は念入りに化粧《けしょう》をほどこされる。同時にもう一人の侍女が髪を結いはじめる。化粧を担当している侍女が正面に構えているので、鏡にうつる自分の姿は見えない。

紅《べに》を塗り終えたあと、侍女は肩からケープを外した。ようやく終わりかとほっとしたのもつかの間、首にずっしりと重い装身具がかけられる。視線だけ動かして胸元を見ると、紅玉《こうぎょく》や孔《く》雀石《じゃくせき》、青金石《ラピスラズリ》などのさまざまな貴石《きせき》があしらった、繊細《せんさい》な金細工が光っていた。

衣装に圧倒されていたナルメルは、今度は装身具の豪華さに絶句した。

ナルメルとて年頃の娘だから、それなりに着飾ったことはある。指輪と首飾りも、それぞれひとつずつくらいなら持っている。だがこれらの装身具は桁《けた》がちがう。おそらくこの装身具だけで、小さな家が一軒買えるだろう。

最後に丈《たけ》の長い前開きの上着を着せかけられた。羽毛のように軽い生地は、織《お》り糸を限界まで細くして編みあげた、下の生地が透けて見えるほど薄いものだった。

「できましたよ」

侍女の言葉でナルメルはようやく息を吹きかえした。

だが鏡にうつる自分の姿に、ふたたび落ち着きを失う。

生まれてはじめて人の手でほどこしてもらった化粧も、着せてもらった衣装も、結い上げた髪も、見慣れぬ感じものばかりで、まるで自分ではないような錯覚《さっかく》を覚える。

「どうして、こんなことを……」

ぼんやりとナルメルはつぶやいた。素敵だわ、ありがとう、とでも言うのが礼儀《れいぎ》なのかもしれないが、事情がわからない状況では簡単に礼も言えない。だが侍女達には、それを無礼だと気にしたようすはなかった。それどころか急かすように腕を取り、誘導しようとする。

「ど、どこに？」

「殿下がお待ちでございます」

「え！」

短く声をあげたあと、しどろもどろでナルメルは尋ねた。

「こ、この格好は殿下のご意向なの？」

「お聞きになっていないのですか？」

訝《いぶか》しげな侍女の言葉に、ナルメルは声を大きくする。

「し、知りません」

「ですが、晩餐会《ばんさんかい》に行かれるのでしょう」

ナルメルは絶句する。確かにそのとおりだが、自分はただの護衛であって――。

では支度《したく》があるというのは、ナルメルのことを言ったのだろうか。

「だ、だって、私は……」

あたふたとするナルメルに、侍女は訝しげな顔をする。この反応からしても、アリアスに命じられた以上のことは知らないのだろう。

こうなったら、本人に直接理由を尋ねるしかない。

「わかりました」

ナルメルは立ちあがり、出口のほうにむかった。二歩ほど進んでから、はっと気がついて裾《すそ》を持ちあげる。なにしろ大理石の床をこするほどに長いのだ。わけのわからぬまま着せられたとはいえ、これほど上等な衣装を汚すわけにはいかない。

帳《とばり》をあげると、目の前にアリアスが立っていた。

不意打ちのような出現に、たがいにびっくりしたように見つめあう。

「……驚いたな」

息を吐くように言われた言葉に、自分のいまの姿を思いだして頬《ほお》が熱くなった。

「……ど、どうしてこんなことを？　これではいざというときに立ち回れません」

耳にした言葉の真意もわからぬまま、顔をそむけたままナルメルは言った。真正面からアリアスの姿を見ていては、とても冷静さを保てないと思った。

「護衛は他につける。お前は今晩だけ、俺の恋人のふりをしろ」

思わずナルメルは、そらしていたはずの顔を正面にむけた。

だが驚きのあまり、それ以上の言葉が出てこない。

「将軍の邸《やしき》には、他の高官達が自分の娘をこぞって連れてくるつもりらしい」

いかにも面倒くさそうに言われた言葉に、ナルメルはアリアスの意図を悟った。

つまりすでに恋人がいることにして、求婚をかわそうという魂胆《こんたん》なのだ。

「そ、そんなことは自分の口で、しっかり断ってください」

「何人候補が来ると思っているんだ。いちいち一人一人と話したうえで、そのたびに断りの言葉なぞ言えるはずがないだろう」

誠実とはいえない言い草だが、確かにそれほどの人数であれば〝お話しだけでも〟というわけにはいかないだろう。よいか悪いかはともかく、対策としては効率がよさそうだ。だからといって、どうして私なのだ。別にこの部屋にいる侍女でもかまわないだろうに。

なおも文句を言いたげなナルメルに、アリアスはぴしゃりと言った。

「俺はお前の言うことをきいて、真面目《まじめ》に政務に励《はげ》んでいる。だから今回はお前が俺の頼みをきけ」

耳を疑う台詞《せりふ》に『それが人にものを頼む態度か！』と怒鳴《どな》りつけたくなった。そもそも政務はあなたの義務であって、私のためにやっているわけでは――。

（え？）

ナルメルははっとする。

――お前の言うことをきいて。

確かに自分は言った。河川工事を完成させるためには、あなたの尽力《じんりょく》が必要だと。

もちろん元々の男気のある性格を思えば、いずれいまのように真面目に政務に励むようになっていた可能性は高い。だがきっかけとなったのが自分の言葉だったとしたら――。

うっすらと唇を開いたままアリアスを見つめると、なぜか彼は急にうろたえだした。

ナルメルはきょとんとして、気まずげに顔をそらしたアリアスの、かすかに赤くなった頬を見上げた。ひょっとして自分が口にした言葉の傲慢《ごうまん》さに、いまさら気がついたのだろうか。

まじまじと見上げていると、強引に腕をとられた。とつぜんのことに身体の均衡《きんこう》を崩してよろめきかけたが、アリアスはかまわずじまいである。

「時間がない。行くぞ」

ぶっきらぼうに言い捨てると、ナルメルを引きずるようにして廊下《ろうか》を進んでいった。

王宮を中心とした通りは、上級の軍人や官僚達の住居が密集した高級住宅街だ。

将軍の家は、その中でも際立って豪奢《ごうしゃ》な邸《やしき》である。

ぐるりと囲まれた石造りの塀《へい》と堅固な鉄の門扉《もんぴ》。塀の上からこぼれ落ちる赤や黄色の色とりどりの花々や緑の葉は、この家が水をふんだんに利用できることを示している。高々と伸びたナツメヤシの木のむこうにのぞく邸の壁は白い大理石である。

日は完全に落ちており、灰色と紫を織《お》り交ぜたような空は夜の色に染まる寸前だった。

門扉の前につくと、運び手達が輿《こし》を地面に下ろした。天蓋《てんがい》から下げられた紗《しゃ》の布を、ナルメルは素早く取り払った。赤い布張りの椅子に座らせられている間、一刻も早く降りたいと願いつづけていたのだ。

だが開いた布の先にアリアスの姿を見て、半分身を乗りだしたまま固まった。そういえば彼は輿に乗らず、騎馬で進んでいたのだ。

「で、殿下……」

「転げ落ちるつもりか」

やけにぶっきらぼうに言うと、アリアスは手を伸ばした。意味がわからずきょとんとしていると、さらに手を突きだされる。それでようやく自分に差し出された手だということを理解した。考えてみれば恋人の〝ふり〟をしているのだから、不思議ではない。

おそるおそる手を伸ばすと、慣れた手つきで輿から誘導される。

ナルメルは自分の手を取るアリアスの姿をあらためて見た。

化粧室《けしようしつ》では気がつかなかったが、彼はひどくかしこまった姿をしていた。王宮で高貴な人間を見慣れているナルメルでさえ、惚《ほ》れ惚《ぼ》れするような男ぶりである。

極限まで漂白された純白の衣装は、襟足《えりあし》や袖口《そでぐち》に金のふち飾りが縫《ぬ》いつけられている。まとったクラミドは緋色《ひいろ》で、同じように金色のふち飾りがつけられている。飾り帯の下に携《たずさ》えた剣と同様に、華美《かび》ではないが上質さがわかる装いだった。

南のほうから連れてこられたのだろう。濃い褐色《かっしょく》の肌をした女が奥にと導いた。

玄関も廊下も多くの人でにぎわっていた。きらきらしい客人。忙しく立ち回る使用人達。余興のために呼ばれたらしい、艶《つや》めいた衣装を着た踊り子や、風変わりないでたちをした道化師《どうけし》もいる。

そんな人々をかきわけるようにして現れたのは、ナルメルも見覚えのある将校だった。

満面の笑みで近づいてきた彼だったが、アリアスに手をとられているナルメルの姿に顔を引きつらせた。実にわかりやすい反応である。

ナルメルは身をすくめたが、アリアスは平然としたものだった。

「結構な賑《にぎ》わいだな。招きに与《あず》かり、光栄に思うぞ」

「い、いえ。ど、どうぞ奥に……」

しどろもどろの将軍にも平然として、アリアスはナルメルの手を取ったまま奥へと進む。

よもや将校ともあろう立場の人間が、一兵卒《いっぺいそつ》のナルメルの顔など覚えていないだろうが、今後王宮で顔をあわせるようなことがあれば、どう言い訳をしたらよいのだろう。気づかれなければそれで幸いだが、万が一覚えられていたりしたら、そのとき困るのはアリアスのほうではないか。そもそも自分の邸の侍女にこの役をさせたほうが、身元がばれる可能性も断然低かっただろうに、いったいなにを考えているのだ。

将校に先導されて、縦一列で廊下を進む。渋い顔をする将校とやきもきするナルメルに挟まれて、アリアスは涼しい顔をしている。

二人の使用人によって両開きの扉が開けられる。とたん昼間のようにまばゆい光が、照明を落とした廊下にふりそそいでくる。ついで音楽や人々のざわめきなど、喧騒《けんそう》が耳に流れこんできた。だが音響はすぐにやみ、広間には奇妙な沈黙がひろがった。

ひどく緊張しながらも、ナルメルは広間を見渡した。

そしてすぐに、見てしまったことを後悔した。

大理石の壁に囲まれた広間の中央には正方形の卓が置かれ、肉や魚を使った様々な料理、色とりどりの果物《くだもの》があふれんばかりに載せられていた。その脇には給仕のためのネプティス人が控えている。そして壁際に設えられた長椅子《ながいす》でくつろぐ数十人にわたる招待客は、全員が絹物のダルマティカとクラミドをまとったブラーナ人だった。

嫌なものを見てしまった――――心の底から思った。

踊り子などの芸人も含め、異様に若い娘が多い宴《うたげ》の会場は妙な空気に包まれた。

色鮮やかな装いをこらした白い肌の娘達は、みな困惑した顔をしている。

それはそうだろう。高官達はアリアスの妻にと、自分の娘をつれてきたのだ。そのアリアスが婦人連れでは、この宴の目的自体がなしになってしまう。

広間にいる人間すべての視線が自分に集中しているような気がして、ナルメルは居たたまれない気持ちになる。客人のブラーナ人だけではなく、賄《まかな》いのネプティス人の視線までもが突き刺さるように感じる。

このまま逃げ帰ってしまおうか、半《なか》ば本気で思った矢先、右手を強く握られた。

「心配するな、お前なら大丈夫だ」

前を見たまま、力強く言われた言葉に息を呑《の》む。

アリアスの視線を追って正面を見ると、壁には大きな扉がしつらえられ、中庭に通じるようになっている。開け放たれた扉の先には、塀《へい》のむこうからのぞいた木々や花々が篝火《かがりび》に照らされ、宵闇《よいやみ》のなかに鮮やかに浮かびあがっていた。

その炎を見つめているうちに、なぜか力がみなぎってきた。

(私はネプティス人よ)

至極《しごく》当たり前のことを言い聞かせ、ナルメルはしゃんと首をもたげた。

すると、そのようすを見計らったようにアリアスが軽く手をひいた。

「こちらに」

短いがやけに丁寧《ていねい》な物言いを、ナルメルはなんの違和感もなく受け入れた。

アリアスに導かれ、ナルメルはしずしずと足を進めた。衣擦《きぬず》れの音がやけに響いて、耳に届く。小さな顔を支える細い首のうえで、大きな首飾りがジャラジャラと音をたてる。一歩足を進めるごとに、雫《しずく》をいくつもつなぎあわせたような耳飾りが頬《ほお》をかすめる。

長椅子に腰掛ける客人にそれぞれ頭を下げるアリアスに従い、ナルメルも軽く会釈《えしゃく》をする。好奇の視線を受け止めながら、ナルメルは毅然《きぜん》と正面の篝火だけを見つめた。

一番上座《かみざ》とされる窓際の長椅子に案内され、裾《すそ》をひるがえして広間を見渡す。アリアスに手を取られたまま椅子に腰を下ろすと、客達はいっせいに視線をそらした。


宴でなにを話したのか、まったく思いだせない。

なんともぎこちない空気になった広間は終始盛りあがりに欠けていたし、ナルメルも会話の代わりに勧《すす》められた杯《さかずき》を次々と飲み干しているうちに、朦朧《もうろう》となってしまったからだ。

見兼ねたのか、アリアスが退出を申しでた。将校がなんと言ったのかまではわからないが、正直助かった。この調子で過ごしていては、しまいに酔いつぶれてしまっていただろう。

だが安心したのは、つかの間だった。

立ちあがったとたん、ぐらりと視界が揺らいでナルメルは身体《からだ》をふらつかせた。

「おい、大丈夫か？」

そばにいたアリアスがあわてて支える。

「だ、大丈夫です」

と言いながらも、アリアスにしがみついているからなんとか立っていられる状態だ。それでもここにいるブラーナ人達に、無様《ぶざま》な姿を見せたくないと必死で歩いた。おぼつかない足取りで廊下に出たとき、右足で裾を踏みつけ、危うくひっくりかえりそうになった。

「危ない！」

左腕をつかまれ、ひやりとする。大理石の床でしこたま身体を打ちつけるところだった。

「す、すみません」

頭をふって正気を取り戻そうとしたが、ずきんっと響く痛みに顔をしかめる。

「なんだ、もう二日酔いか？」

「いま出ている症状なら、二日酔いとは……」

言っている途中で、ひょいと身体をもちあげられる。

ナルメルはびっくりして、自分を抱えあげるアリアスの顔を下から見上げた。

「危なっかしくて見ていられん」

「や、やめてください。だ、だって殿下は左腕が……」

「肩より低い位置なら、よほどの大女以外は大丈夫だ」

諫《いさ》めようとするナルメルを軽くにらむと、アリアスは出口にむかった。

門前にはすでに輿《こし》が控えていた。ナルメルが酔いつぶれていると思ったのだろう。従者の一人があわてて代わろうとしたが、アリアスはすげなく断った。輿に設《しつら》えられた布張りの長椅子にナルメルを横たえると、紗《しゃ》の布を下ろそうとした手をふと止める。身動きもままならない状態でなんとか顔だけをむけると、真剣な瞳でアリアスは言った。

「吐きたくなったら、すぐに言えよ」

呆気《あっけ》に取られるナルメルを尻目に留め具が外され、ぱさりと音をたてて布が落ちた。


幸いにして吐くようなこともなく、ゆっくりと輿《こし》に揺られながらうたた寝をしているうちに邸《やしき》に着いた。今日は護衛の仕事を解かれているのだから、このまま寮に戻って寝てしまいたいところだったが、着替えがあるからしかたがない。こんな姿で戻ったら、同僚達はさぞ目を丸くするにちがいない。

門前で輿が下ろされると、身体を起こすより先に外から紗の布がひかれた。むこうにアリアスがいた。なにごとかと問う暇もなく、ぐいっと顔をよせられる。

「大丈夫か？」

「え……は、はい」

一瞬なにを聞かれているのかと思った。

「いまのところは……」

言いながら今度はゆっくりと身体を起こす。頭はぼんやりしているが、目眩《めまい》や頭痛はない。

「大丈夫みたいです」

「そうか……」

ほっとしたようにアリアスは言った。彼もずいぶんと杯《さかずき》を受けていたはずだが、けろりとしている。体質なのか日頃の鍛え方なのか、どちらなのだろう。

輿から降りてみたが、足元も大丈夫のようである。自覚はなかったが、あんがい酒には強いほうなのだろうか？

「なんだ、あんがい強いな」

同じことを思ったのか、呆《あき》れ半分、安心半分といった調子でアリアスが言った。

「ええ、私も自分で感心しています」

そんな雑談を交わしながら、奥に進む余裕があった。ひとまず居間に通される。葦《あし》の椅子《いす》に腰を降ろすと、計ったように侍女が入ってきた。彼女が手にした盆の上には水差しがある。中身は湯冷ましだろう。宴から戻ってきたばかりの身体には、そのほうがありがたい。

きょろきょろと辺りを見回すナルメルに、アリアスはいぶかしげな顔をする。

「どうかしたのか？」

「あ、着替えたいのですが――」

「いまお風呂《ふろ》の用意をしておりますから、よろしければそのときにお手伝いいたしますが」

給仕をしていた侍女が口を挟んだ。

「お、お風呂？」

頓狂《とんきょう》な声をあげたナルメルに、アリアスは片耳を押さえつつ軽く眉《まゆ》をひそめる。

「なんて声を出すんだ」

「だ、だってお風呂だなんて、昼間も入ったのに――」

そんな贅沢《ぜいたく》な真似《まね》、と言いかけたナルメルに、侍女がそっと目配せをする。

ナルメルははっとして口をつぐんだ。考えてみればこの人は大帝国の皇子で、こちらとはまったくちがう金銭感覚と生活習慣を持った人なのだ。勿体《もったい》無いとか贅沢などという言葉を言っても、鼻で笑われるだけかもしれない。

やがて別の侍女が湯船の準備ができたことを知らせにきた。

侍女達の手をかりて装身具を外し、髪を解き、衣装《いしょう》を脱ぐ。白い湯気をあげる浴槽《よくそう》に肩まで浸かったときは、かつて経験したことのない解放感を味わった。

身体と髪を拭《ふ》き、侍女が用意してくれた真新しいガラベーヤに着替える。

「制服は？」

「こちらにありますよ。剣や靴《くつ》は玄関側の門番部屋に置いてありますから、お帰りになるときにお受け取りください」

そう言って侍女が渡してくれた制服は、きれいに洗濯《せんたく》がしてあった。ここで着替えたときに洗ってくれたのだろう。乾季のこの時期であれば、一時間もあればたいていの衣服は乾く。

「殿下は居間ですか？」

侍女がうなずいてかえす。戻るにしても一言挨拶《あいさつ》をしなければならない。ナルメルは居間に足をむける。帳《とばり》をあげると、そこには膝の上で巻物を広げるアリアスがいた。

気難しい顔で、羊皮紙《ようひし》に書かれた文字を追っている。

あれだけ飲酒をしていたのに、あんなものが頭に入るのだろうか、と不思議に思った。

ナルメルは入り口の側に立ち、腕を背中にまわしたまま壁にもたれた。気配を察したのか、アリアスは顔をあげる。そしてナルメルの姿を瞳に留めると、表情をやわらげた。

「もう元に戻ったか。残念だな」

意味がわからず首を傾《かし》げるナルメルに、アリアスは声をあげて笑った。

「盛装のことだ。なかなかな物だったぞ。俺がこれまでに見てきた女の中でも、まちがいなく五番以内には入るな」

微妙な褒《ほ》められ方にナルメルは複雑な顔をする。もっとも一番などと言われたのなら、絶対に信じられなかっただろう。逆に考えると、やけに真実味のある順位である。

「……残念なんですか？」

「言っただろう。どこの国でもきれいで優しい女は、男の心を安らげてくれるもんだ」

事もなげに言われた言葉に、ナルメルは真っ赤になった。きれいだとか、優しいだとか、たとえ冗談のつもりでも、本人を目の前にして言う言葉だとは思えない。

「な、なにをご覧になっていたのですか？」

気恥ずかしさから、ナルメルは話題を変えた。

アリアスは一瞬妙な顔をしたが、すぐに「これか？」と巻物を持ちあげた。

「次にこちらに駐留《ちゆうりゆう》させるブラーナ軍の構成表だ」

「交代なさるのですか？」

「任期は五年だ。それ以上長引けば、兵達の間で暴動がおきかねん。それに国で待っている家族もたまらんだろう」

何気なく言われた言葉に、なぜか胸に穴があいたような虚《むな》しさを覚えた。

ほとんど考えることなく、ナルメルは尋ねていた。

「……では殿下も、五年でお戻りになられるのですか？」

アリアスは軽く目を見開いた。

短い間をおいてから、彼は人差し指で自分の頬をぽりぽりとかいた。

「どうだかな。戻ろうと思えば、明日だって戻れるが……」

独《ひと》り言《ごと》のように言われた言葉の意味が、ナルメルにはわからなかった。

素行の悪さを理由に、ネプティスにやられたのだと聞かされていた。

だが実際のふるまいは、赴任《ふにん》当初も含めて、左遷《させん》されるほどのものとは思えなかった。やる気のなさでみなを立腹させはしたが、実害が出るような真似《まね》はしていない。

――この人は、どうしてこの国に来たのだろう？

困惑気な顔をするナルメルに、アリアスはぷっと吹き出した。

「なんだ、早く帰って欲しいのか」

からかうように言われた言葉を、冗談と受け止めることができなかった。

「そ、そんなことはありません！」

思いがけず強くなった口調に、ナルメルは自分で驚いた。見ると目の前のアリアスが、ぽかんとこちらを見ている。目があったとたん、かっと身体《からだ》が熱くなる。酔いがまたぶりかえしたのかと思った。

「だ、だって、工事が始まったばかりだし……」

しどろもどろに言うと、アリアスは〝ああ〟と、うなずいた。ナルメルはふいっと視線をそらす。嘘などついていないのに、ひどく気まずい。

「まあ、現状では期限は決めていない。少なくともこの河川工事に、あらかたの目処《めど》がつくまでは帰るつもりはない」

きっぱりとした言葉に、気まずい思いも忘れてナルメルは顔をあげた。

何十年かかるかわからない工事なのに、そんな簡単に口にしていいのかと言いたかったができなかった。アリアスの覚悟は好ましかったが、同時に彼が外国から来た――つまり、いずれ帰る人間だということを思い知らされ、複雑な気持ちになる。

「なんだ、お前。そんなところにいないで座ったらどうだ」

今頃気がついたようにアリアスは言ったが、ナルメルは首を横に振った。

「長居はしませんから」

きっぱりとした口調に、アリアスは訝《いぶか》しげな顔をする。ナルメルはまた視線をそらした。うつむいたまま足元を見つめていると、とつぜんアリアスが言った。

「今日は悪かったな」

思いもかけぬ言葉に、ナルメルは顔をあげた。

やけに神妙な面持《おもも》ちのまま、アリアスは深々と頭をさげた。

「お前にも、宴席に来ていた娘達にも不愉快な思いをさせることはわかっていた」

「…………」

「あそこがネプティス人にとって、居心地《いごこち》の悪い場所であることもわかっていた。だから、他の女じゃ無理だと思ったんだ」

軽く瞬きをしたあと、ナルメルは思いきって尋《たず》ねる。

「なぜ、私なら大丈夫だと思ったのですか？」

「お前が、先を見つめている女だからだ」

迷いのない口調に、ナルメルは先日河川敷《かせんじき》でアリアスが言った言葉を思いだした。

――理不尽《りふじん》に加えられた暴力を超えて、そんなふうに先を見つめることなどできない。

いまの言葉は、あのときのことを言っているのだろうか。

そう考えたら、急に恥ずかしくなってきた。

確かにあのときは、ブラーナ人に対する反発よりも大切なものがあると思っていた。

その気持ちは、いまでも変わらない。自尊心より治水《ちすい》工事のほうが大切だと思っている。

だけど宴で感じた、ブラーナ人達に対しての卑屈《ひくつ》な思い。

あんな思いは、これまで一度も感じたことがない。

そしてそれより辛《つら》かったものは――給仕のネプティス人達の冷たい視線だった。

あんな思いを経験してしまったいまは――。

「そんなことは……」

ナルメルは声を震わせた。

「それは、私が現実を知らなかったからです」

アリアスは訝《いぶか》しげな顔をする。だがナルメルは、それ以上言葉をつづけられなかった。

呑《の》みこもうとした小石は、思った以上に大きかった。

いまならわかる。同意はできなくても。ブラーナを、国王をののしる者達の気持ちが。

未来のために必要なことだとわかっていながら、なかなか現実を受け入れることができない彼らのいらだちを。

マリディ陥落《かんらく》をその目で見た者達は、街を行きかうブラーナ人達に、同じような思いを抱いているのだろうか。それよりもブラーナ人達と平気で交わる自分達を、あの給仕のネプティス人達のような目で見ていたのだろうか。

思いたったとたん、ぶるっと身体が震えた。

アリアスは巻物を卓の上に置き、じっとナルメルを見つめた。

やがて彼はおもむろに言った。

「だがお前は、なにをどうするべきなのかはわかっているはずだな」

「……」

「迷おうが躓《つまず》こうが、一人の人間であればしかたがない。だが、憎しみや悲しみで自分の目を曇らせるな」

けして強くはない口調にナルメルは絶句した。

「お前は俺に言っただろう。灌漑《かんがい》工事が無事に推進されることを願っている、と」

唇を結んでうなだれるしかできなかった。

自分のブラーナ人達に対する思いがどうであろうと、河川工事を推進させたいという思いには変わりはないはずだった。母の悲劇を繰りかえさないために、母を呑みこんだ大河を恨むより、越えることこそ大切だとわかっていたはずなのに――。

だけど目の当《ま》たりにした現実に、以前のように前向きにはなれない。

悔しくてやるせなくて、目の奥が熱くなる。あわてて瞼《まぶた》を固く閉ざしたが、しぼりだすように涙がこぼれた。ナルメルは軽く唇を開き、息を漏《も》らした。

不意に人の気配を感じて、反射的に顔をあげる。

次の瞬間、目の前で唖然《あぜん》とした顔をするアリアスに仰天《ぎょうてん》する。

思わず顔をあげてしまった自分の迂闊《うかつ》さに、ナルメルは恥じ入った。この状況で、すぐ側に人の気配を感じたというのなら、それはアリアスしかいないではないか。それなのに、涙ぐんでいることがわかっているのに、どうしてこんなことを。

そこまではなんとか考えることができたが、すぐに頭の奥が熱くなって、それ以上のことは考えられなくなった。

「し、失礼します！」

言うなりナルメルは踵《きびす》をかえし、駆けだそうとした。だが直ぐに激しい目眩《めまい》を覚えて、身体をぐらつかせた。均衡《きんこう》を崩して倒れかかったところで腕をつかまれる。

「馬鹿かっ、お前は！　自分がどれだけ飲んだと思っているんだ」

怒鳴《どな》りつけられ、ナルメルはびくりと肩を揺らした。青い瞳が厳しい光を放っていた。

怒られて当たり前だ。河川敷であれだけえらそうに説教をしておいて、自分はなんだ。自分がどうするべきなのかわかっているくせに、そのとおりに動けずにいる。叱責《しっせき》されることを覚悟して、身をすくめたときだ。

腕をつかむ力がするりとゆるみ、アリアスの表情が一変した。

「悪かった……言い過ぎた」

想像もしなった言葉に、あふれそうになっていた涙もひっこんだ。

聞違いかと思ったが、アリアスはひどく恐縮した表情だ。この過程で、どうしてそんな言葉や表情が導き出されるのか、ナルメルは真剣にわからなかった。

「言い過ぎたって……」

「一年近くも目を曇らせていた人間が、なにをえらそうに言っているんだか……」

ふて腐《くさ》れたように言われた言葉に、ナルメルは大きく瞬きをする。

憶測でしかないが、腕の怪我《けが》で覇気《はき》を失ってしまったことを言っているのだろうか？

だから自分のことを棚《たな》にあげて、そんなことを言う資格などない、ということなのか？

だがそれはアリアス自身の問題であって、ナルメルの過《あやま》ちを肯定する理由にはならない。

そんなことを考えているうちに、ナルメルは落ち着きを取り戻してきた。

「ですが、私が愚《おろ》かなことを言ったのは事実ですから」

「確かにな」

「…………」

「だが、そんなことは誰にでもある。なにが正しいのかわかっていても、人間にはどうしてもそうできないときがある。程度問題だがそういう間違いというか迷いは、時には見ないふりをしてやらねばならんものだ」

ひとつひとつ言葉を選ぶようにして言ったあと、アリアスは小さく苦笑した。

「まあ、実際俺がそうしてもらったから言うんだろうけど」

ナルメルはしばし言葉を失った。

それはつまり、赴任《ふにん》当時の無責任な言動や行動を言っているのだろうか。

「……で、でも、私は殿下の行動に、見ないふりなんてしてあげていません。それどころかえらそうに意見しました」

「じゃあ、いつか別の人間に見ないふりをして返せばいい」

事もなげに言われた言葉に、ナルメルはぽかんとする。

やがてゆっくりと思考を取り戻す。

出会った頃は、なんてわがままな人だろうと思った。いまでも多少の傲慢《ごうまん》さと強引さは感じている。だけどいまなら、先日レウスが言った言葉――若い兵から圧倒的に支持されておられました——にも納得ができる。育ちのよさゆえの鷹揚《おうよう》さなのか、人の上に立つ者としての公平さなのかはわからないけれど。

（この人は……）

首筋から耳のうしろにかけて、じんっと熱くなった。

耐えきれず、消え入るような声でナルメルは言った。

「あ、あの……私帰ります。明日も、その朝礼がありますから……」

アリアスは不安げに廊下《ろうか》の先を見た。篝火《かがりび》が灯された廊下の先は真っ暗である。

「じゃあ、誰かつけよう」

「え？」

「遠慮《えんりよ》するなよ。お前はまだ酔っ払いだ。自分の身を守れるとは思えん」

先の言葉を封じるようにアリアスは言った。先刻ひっくりかえりそうになったことを思いだして、ナルメルは恐縮したまま頷いた。

誰かを呼びに行こうとしたのか踵《きびす》をかえしかけてから、ふと思いだしたようにアリアスは足を止めた。そのまま半身をねじったなりで言う。

「だがえらそうな説教も、ときには悪くないぞ。おかげでようやく雲が晴れた」

第三章　とまどいの先に

なんらかの症状が残るかと思ったが、翌日の朝は存外にすっきりしていた。酒のせいで熟睡したからだろうか？　宴《うたげ》を早く退出したおかげで、寮に戻った時間はあんがい早かった。そのうえアリアスが、明日は直接王宮のほうに参じてかまわないと言ってくれたので、朝の時間にも余裕があった。おかげで睡眠時間もある程度確保できた。

それゆえというわけではないが、ナルメルはいつもより少し早めに会議室にむかった。御前《ごぜん》会議が始まる前にアリアスとなんらかの言葉を交わし、昨日からくすぶっているぎこちない思いを払拭《ふっしょく》してしまいたかった。簡単な挨拶《あいさつ》でもいい。昨日の礼でもいい。とにかく通常の関係を取り戻したかった。

あんな涙ぐむような真似《まね》、平静の状態であればけしてしない。

思いだしただけで、この場から逃げだしたくなる。

先日の河川敷《かせんじき》での会話といい、本来であれば隠しておくべき心のうちを、身内や親友でもない相手に安易にさらけだしてしまった、そんな自分の心の弱さに腹さえ立つ。

もちろんそんなことを思っているのはナルメルだけで、アリアスのほうはなんとも思っていないだろうから、普通に挨拶をすればいつも通りのへらず口をかえしてくるだろう。

そんな風に言い聞かせて、会議室まで来たのだが。

「レウスさん」

ナルメルは驚きの声をあげた。予定より早めに着いたにもかかわらず、すでにレウスが待合室で待機していたからだ。

「ナルメル殿」

「どうしたのですか？　こんなに早く」

周りを見渡しながら、ナルメルは尋《たず》ねた。レウスだけではない。待合室には他にも従者が数名控えていた。

「厄介《やっかい》なことがおきまして、今朝《けさ》早く緊急に招集がかかりました」

穏やかならぬ言葉に、ナルメルは緊張で表情を固くした。

「なにがあったのですか？」

「今日未明第一地区の作業現場が壊され、技師が襲撃を受けたそうです」

ナルメルは息を呑《の》む。第一地区はマリディ市街地の外れにある、王宮や総督府《そうとくふ》からもっとも近い現場だ。そこが襲撃されたというのであれば、由々《ゆゆ》しき事態である。

「反乱軍ですか？」

「おそらく……」

興奮するナルメルとは対照的に、中に気を遣ってか声をひそめてレウスは言った。

「時間帯もあって、警備はごく少数の者しかおりませんでした。技師は前の日に調整した水路の具合が気になって、たまたま早目に出てきたところに出くわしてしまったそうです」

真面目《まじめ》さが仇《あだ》になったとしかいいようのない事態に、ナルメルは傷ましげに眉《まゆ》をひそめる。

「怪我《けが》の程度は、ひどいのですか？」

「それは私には……」

レウスが言いかけたとき、終了の鐘も鳴らぬうちに会議室の扉が開かれた。

異例の事態に驚いていると、奥のほうから真っ先にアリアスが姿を見せた。右手を扉にかけているところを見ると、どうやら彼自身が扉を開いたようである。

「殿下」

レウスと一緒に呼びかけたが、見たこともない険しい表情にぎくりとする。

アリアスはナルメル達の姿を見ると、ひどく腹立たしげに「現場にむかう」と言った。そのまま立ちどまりもせずに廊下《ろうか》に出る。

あわてて後を追いながら、ナルメルは混乱していた。無人状態に近い工事現場が襲撃されるなど、正直想像すらしていなかった。反乱軍にとってなんの益《えき》にもならないからだ。彼らの目的は、要人の暗殺や誘拐《ゆうかい》や襲撃による資金の調達だと思っていた。

確かにブラーナをこの国から追放しようとしている反乱軍であれば、総督府《そうとくふ》がかかわっている全てが攻撃の対象となるだろう。彼らの下で働いているネプティス人までもが攻撃されることが、何よりもの証拠ではあるのだが……。

市街地の外れにある第一地区には、河沿いの目抜き通りを馬で数分も行けば到着する。

水の王宮を維持するために造られた、水門の周辺である。

水門は、ネプ河を堰《せ》きとめ人工的な中洲《なかす》を造りあげるため、歴代の王達が設置したものだ。

そのおかげでマリディは、雨季のたびに大規模な洪水に見まわれていた。

ブラーナ侵攻後は総督府により、増水した水を市内に生活水として流す水路が造られ被害は激減した。それでも雨季が長引くと、たびたび氾濫《はんらん》が起こっていた。

五年前、現王の意向によって水門が開放されてから、ようやく事態は沈静化したのだ。

第一地区の工事は農地対策ではなく、市内を循環《じゅんかん》する水路を延長して居住区を拡大し、市の発展とともに増加のいっぽうをたどるマリディ市民に対応しようというものだった。

目抜き通りはいつも同じにぎわいを見せていたが、空気はやけにぴりぴりとしていた。

襲撃の件は、市民にもう知れわたっているのだろうか？　王宮や総督府に近く、一般の市民の行きかいも多いこの地区への襲撃は、少なからず彼らに衝撃を与えたにちがいない。そのことは、少し先を行くアリアスの厳しい横顔からも想像がつく。

堤防に上がると、河を横断するようにして設置された水門が見える。

巨大な杭《くい》のように水の中に打ち込まれた三つの柱は、それぞれが両端に厚い扉をつけて、川岸に建てられた二つの柱を含めて、四つの門扉《もんぴ》を形成していた。

水の王宮のために固く閉ざされていた四つの扉も、いまは二つが開放されている。

かつてこの水門の管理は、王族の仕事だった。

ネプ河の女神の子孫である王家は、始祖《しそ》の神託《しんたく》によって水を管理していたのだという。

水門を操作するために、五つの柱の上部をつなぐようにして取りつけられた橋が見える。だが橋に昇るための階段や梯子《はしご》らしきものは、ここからは見当たらない。どのみち橋に昇るための通路には厳重に施錠《せじょう》がされており、鍵《かぎ》を持った者しか上ることはできないという。

その鍵はつい数年前まで、ネプティスの王族が保有していた。

しかし現在、水門への鍵は総督府に委《ゆだ》ねられている。

現王の即位と前後する五年前。老朽《ろうきゅう》化による事故で水門が開き、中洲に水が流れこみ王宮が水没したのである。

多数の犠牲者《ぎせいしゃ》を出したこの事故をきっかけに、現王は王宮を移して水門を開放し、その管理をブラーナ総督府に委《ゆだ》ねたのだった。神のお告げや経験的な勘《かん》ではなく、その日の水量や時季を考慮《こうりょ》して、科学的な根拠に基づいて門の開閉を行うためである。

ここからは見えないが、水門のむこうには二つの水路があり、マリディ市内や近辺の農地に水を供給している。水量が少ない乾季は、水門をいまのように部分的に閉鎖《へいさ》して水路に水を供給する。逆に水量が多くなる雨季は、水門をすべて開放して本流に水を流さないと水路は氾濫《はんらん》してしまう。もちろん極端に水量が増すようであれば水路自体を閉鎖する。

二つの水路のうち新しいほうは、ブラーナ総督府によって造られたものである。

もうひとつは、かつてネプティス王家によって作られた古いもので、容積が少なく品質も粗悪なため、今回の延長工事に伴《ともな》い再整備が行われることになった。

ゆえに旧水路のほうは、現在閉鎖《へいさ》されている。

ふたつしかない水路のうちひとつを閉鎖しているのだから、なにがあっても乾季のうちに整備を終わらせなければならなかった。でなければ雨季に入って水位が増せば、街や農地に氾濫してしまう危険がある。

だというのに――。

（こんな時期に邪魔《じゃま》が入るなんて！）

矢もたてもたまらず、水門先に馬を走らせる。堤防の上で下馬をし、水路に近づいたナルメルは、その光景に言葉を失った。

再整備が進められていたはずの旧水路は、おびただしい石や土砂で埋められていた。水害時の土石流痕《どせきりゅうあと》かと思うほど惨憺《さんたん》たる有様だ。水路の容量を増やすため、壁の製造用として備えられていた物を落としたのだろう。

「……ひどい」

呆然《ぼうぜん》とナルメルはつぶやいた。雨季を前にして、もう少しで完成だったのに――。

「確かにひどいな」

いつのまにかアリアスが横に並んでいた。堤防の上を見ると、レウスが三人分の馬を見てくれていた。

「物はすぐに除去できるだろう。だが水路のほうがどれだけ損害を受けているか、果たして水が流せる状態なのか……」

独《ひと》り言《ごと》のようなアリアスの言葉に、ナルメルはぞっとした。

「だ、だって、もうすぐ雨季に入るんですよ」

母の生命を奪ったネプの大氾濫が脳裏《のうり》に浮かび、ナルメルは声を震わせた。

ヨーレーと呼ばれる最初の雨をきっかけに、沙《さ》漠《ばく》地帯の雨季はとつぜんやってくる。

時期的にそろそろだろうとは思うが、はっきりした予兆があるわけではない。水路が片方しか使えない状態で、雨季に入ったりしたら街に水があふれてしまうかもしれない。

「知っている」

ぴしゃりとアリアスは言った。

「損害の程度は技師に訊《き》かんとなんとも言えん。もし間にあわんようであれば、市民のほうを早めに避難させるしかないだろう」

冷静な言葉に、ナルメルははっとする。

そんな様子を一瞥《いちべつ》してから、諭《さと》すようにアリアスは言った。

「焦るなよ。ここは涸《か》れ川じゃなくて都市だ。雨が降ったとたん、街に濁流《だくりゅう》が押しよせるようなことはない」

しごく当たり前の言い分に、ナルメルはようやく落ち着きを取り戻した。

冷静さを失った自分の態度を反省しながら、ふと思いついた。

「あの、殿下は〝涸れ川〟をご存じなのですか？」

涸れ川とは、岩石の沙漠地帯や荒野に存在する水無川《みずなしがわ》のことである。

地盤が石でまったく水を吸わないため、これらの地帯では少量の雨が、爆発的な勢いで濁流となって押しよせてくる。そして雨季のたびに〝水死者〟を出すのだ。

それは沙漠地帯に住む者には常識ではあるのだが……。

「俺が一年前までいた戦場は、東方の沙漠地帯だ」

事もなげにアリアスは言ったが、ナルメルにとっては意外な言葉であった。

アリアスがこの国に赴任《ふにん》してきたのは左遷《させん》だと思っていたが、その経歴を聞くと、それだけではなかったのだろうか。

「大体どうして誰もいないんだ？　一刻も早く修復を進めなければならないというのに」

腹立たしさと訝《いぶか》しさが入り混じったような口調で、アリアスが言ったときだ。

「殿下」

堤防から声がして、二人は顔をあげた。両脇に兵を引き連れて近づいてきた男に、ナルメルはぎくりとする。先日の晩餐会《ばんさんかい》で、アリアスを招待した将校だった。

彼のほうに、ナルメルに気がついたようすはなかった。服装や雰囲気《ふんいき》があまりにもちがうことが幸いしたのか、あのとき貴婦人を気取っていた娘が、近衛兵《このえへい》として側にいるなど想像もしていないのか、どちらだろうか。

「将軍、これはどういうことだ？」

単刀直入《たんとうちょくにゅう》なアリアスの問いに、将軍は軽く首を傾《かし》げる。

このような質問が出てくるということは、この地区の責任者は彼だったのだろうか。

「いや、先刻会議でお聞きになられたでしょう？　今朝《けさ》……」

「そうじゃない。どうして誰もいないんだ」

思いちがいを察した将軍は、ああ、とうなずいた。

彼はあごひげをさすりながら、ため息まじりに言った。

「実はブラーナの技師達が、すっかりおびえてしまいまして……」

そういえばブラーナ人の技師が一人、襲撃で怪我《けが》をしたと聞かされていた。怪我がどの程度のものかは聞かされていないが、昨日の今日ではさすがに恐怖心も消えていないだろう。

「技師がいなくても、工事をすべて中断する必要はあるまい？」

「指揮をする者がいなくては進めようがないので、第二地区のほうに加勢にいかせました」

第一地区を放置している理由を将軍は説明したが、アリアスは納得がいかないようだった。

「せめて後片付けぐらいさせてからでもよかったのではないか？　この状態では復興にどれくらいの日数がかかるかも見当がつかん」

「残念ですが、そのような雰囲気《ふんいき》ではございませんでした」

穏やかではない言葉にナルメルはぎくりとなる。

アリアスに動じたようすはなかったが、訝しげな顔でつぶやく。

「……どういうことだ？」

「技師だけではなくブラーナ兵がすっかり神経質になって、ネプティス人の工夫《こうふ》に囲まれて仕事をするなんて、そんな危ない真似《まね》は嫌と言いだしたのです」

「……将軍はそれを許可したのか？」

信じられない、というような顔でアリアスは尋ねた。ナルメルも同感だった。規律をなにより重んじるブラーナの軍において、上官の命令に背《そむ》くなど考えられない。その場で処刑されても不思議ではない重大な規律違反だ。

将軍は聞こえよがしのため息をついた。

「そうでもしなければ、兵と工夫の間に暴動が起きかねない状態でしたから」

アリアスは眉間《みけん》にしわをよせた。確かにそんなことになっていたら、この河川敷《かせんじき》は血の海になっていただろう。工夫のほとんどは戦闘経験のない奴隷《どれい》達だが、何百人という工夫達を監視《かんし》していたのは、わずか数十名のブラーナ兵だ。日頃は奴隷に人格など認めていなくても、人数が集まれば脅威《きょうい》になることぐらい、将校達も承知している。それでなくてもブラーナは半世紀前、剣闘士を中心とした奴隷達の大規模な反乱を経験している。

「そうか。賢明だったな」

アリアスの言葉に、将軍はようやく機嫌を直したようだった。

「加えて申しあげますと、新水路のほうも一部分被害を受け、増水時に水路を遮断《しゃだん》する扉が使えなくなっております。おそらく新水路も破壊するつもりだったのでしょうが、兵達がやってきたので途中で逃げていったのでしょう」

他人事《ひとごと》のような将軍の言葉に、アリアスは眉根をよせた。

「では、明日からはどうなるのです？」

不安気にナルメルは尋ねた。兵が警備を拒否している状況では、第一地区での作業ができない。雨季を直前にしてのこの地区の工事の遅れは、街に水害をもたらす危険性が出てくるというのに。

「ここの警備を、他の班のブラーナ兵に任せればすむことだ。工夫達のほうもそれで納得するだろう。別に労働環境に不満があって反発したわけではないのだから」

ナルメルはアリアスに尋ねたつもりだったが、答えたのは将軍だった。口調はどこか投げやりだった。いくら賢明な措置《そち》だと言われても、部下達の要求に折れたということは、将校としては屈辱《くつじょく》にちがいない。

「そうだな。まったく国王陛下の人道に対する精神には頭が下がる。この国の奴隷より、アルカディウスの貧困層のほうが、よほど過酷《かこく》な条件で働いているぞ」

揶揄《やゆ》なのか自嘲《じちょう》なのかわからぬ口調でアリアスは言った。

奴隷が、貧困層といっても市民より恵まれた環境で労働をしているなど、通常では考えられない話である。もちろんアリアスが多少誇張して言っている部分もあるだろうが、現王が奴隷を含めたネプティス国民に、人権に対する厳しい法令を発布《はっぷ》したことは事実だった。

「ではこの地区の警備を、ネプティスの兵に頼んだらどうですか」

他の班の兵に警備をさせても、工夫達がブラーナ兵に反発したというのなら、また同じ事態になりかねない。ならばいっそのことネプティス兵に任せれば、問題は解決するではないか。

だがナルメルの意見を、アリアスは一蹴《いっしゅう》した。

「そんなことをすれば、今度は技師が怖がって現場に近寄らなくなる」

その言葉にナルメルは反論する。

「ネプティスの兵だって、規律を持つれっきとした軍人です。非戦闘員に危害を加えるような真似《まね》はしません」

「お前達の意識の問題ではない。襲撃された技師の気持ちの問題だ。ブラーナ人という理由だけで襲撃された人間が、ネプティス人というだけで反発を持つことを非難できまい」

言下《げんか》に否定され、ナルメルは不満を覚えた。

確かにアリアスの言っていることには一理ある。だがブラーナ人だって、ブラーナ人というだけで、この国の法や秩序《ちつじょ》を蹂躙《じゅうりん》しているではないか？　そのことに対して、あなた達はどう考えているのか？　ナルメルは問いつめたかった。

「とりあえず当事者の兵士達には、俺が話をしてみよう」

アリアスが言ったときだ。

「そなたは………」

強張《こわば》った声に、ぎくりとしてナルメルはふりかえった。

そこには穴が開くほど、まじまじと自分を見つめてくる将軍がいた。

(気付かれた！)

ナルメルは冷や汗をかいた。さすがにアリアスも気まずげな顔をしている。

皇子の恋人が護衛の、しかもネプティス人の兵士――これだけで偽装だったことが丸わか

り だ。皇子ともあろう人間が、そんな相手を恋人にするはずがないからだ。従属国の一介の娘が、宗主国《そうしゅこく》の皇子の恋人になるなど考えられない話である。

奇妙な沈黙の後、将軍は引きつった笑いを浮かべた。

「いや、そういうことだったのですか……」

そこで一度言葉を切ると、多少のぎこちなさを残しながらも鷹揚《おうよう》に言う。

「いやいや、殿下もお人が悪い。確かに若いときは、なかなか結婚などはしたくないものですが、われわれもけして、早急にそれを望んでいるわけではないのですよ。たがいの人となりを知りあう機会になればと……」

やはり偽装であることを、鼻から疑っていない。

当たり前のことだと思いながら、なぜかひどく惨《みじ》めな気持ちになった。

「別に騙《だま》してはいない。俺はこの娘を好ましく思っているぞ」

ナルメルは息を呑《の》んだ。

聞違えたのかと思った。さもなければ、なにか意味を取り違えて聞いたのか――。

「……は？」

短くつぶやいた将軍を無視して、アリアスは呆然《ぼうぜん》と横で立ちすくむナルメルの腕を取った。

「行くぞ」

「え？」

いきなり引っ張られ、ナルメルは短く声をあげる。だがそんな反応、アリアスはお構いなしだった。手首をつかんだまま、ずんずんと堤防を昇ってゆく。なかば引きずられるようになりながら、辛《かろ》うじてナルメルは尋《たず》ねた。

「ど、どこに行くのですか？」

「兵達に話しをしにいくと言っただろう。いまから駐屯地《ちゅうとんち》に行く」

「で、でも……」

下におき去りにしてきた将軍も気になるが、何より先刻の言葉が気になってしかたがない。

――俺はこの娘を好ましく思っているぞ。

あの場をごまかすための言葉だとわかっているのに、臆面もなく表された好意に心がざわついてしまう自分が情けない。

堤防に上がってきた二人を見て、レウスが尋ねた。

「将軍とのお話はもうよろしいのですか？」

「ああ。俺はこいつと一緒に駐屯地にむかう。お前は将軍に付いて、ここの被害の状況を詳しく聞いておいてくれ」

「かしこまりました」

レウスが了解すると、アリアスはナルメルのほうをむいた。

「じゃあ、いくぞ」

「ち、ちょっと待ってください！」

手を握られたまま、ナルメルはついに大きな声をあげた。

護衛役なのだからついていくことは承知しているが、ものには順番がある。

「将軍の誤解をとくほうが先です」

強い口調に、アリアスは鼻白《はなじろ》んだ顔をする。

一瞬ひるみかけたが、気を取り直してナルメルは言った。

「私の身分がばれた以上、誰も信じませんからね。あんな言葉」

勢いで言ったあと、心が少し痛んだ。だがあわてて戸惑いをふりはらう。

あんな言葉。そうだ、まさしくあんな言葉だ。

俺はこの娘を好ましく思っている——などと、信じられるわけがない。

ナルメルは唇を結んで、まるで挑むようにアリアスを見上げた。アリアスは渋いものを噛《か》んだような顔をしている。横ではレウスが、困惑した面持《おもも》ちで二人を見比べている。

三人の間に奇妙な沈黙が流れ、やおらアリアスが口を開いた。

「わかった。誤解をときにいこう」

言うなりアリアスは、ナルメルの身体《からだ》を抱えあげた。いきなり変わった視界に驚いているうちに、左腕が不自由だとは思えない仕草で器用に馬の背に乗せられる。

「な？」

ようやく声をあげたときには、背後からアリアスが乗りあがっていた。ナルメルの身体をまたぐようにして手綱《たづな》を取ると、呆気《あっけ》に取られるレウスを無視して馬を走らせる。

「ち、ちょっと！」

馬上のナルメルは声をあげたが、相乗りしている状態で暴れるわけにはいかない。かといって黙って言いなりになっているわけにもいかず「降ろしてください」とそれなりの抗議の声はあげてみるが、アリアスはそ知らぬ顔だ。

そうやって馬を走らせていた時間は、けして長いものではなかった。振りかえれば工事現場がまだ見えるぐらいの場所で、アリアスは馬の脚を緩《ゆる》めさせた。

待ちかねていたように、ナルメルは背後をふりかえった。

だがやけに真剣なアリアスの表情に、気圧《けお》されたように口をつぐむ。

「誤解じゃない」

息を吐くようにアリアスは言った。

「俺はお前のことを好ましく思っている。お前の望みが正しいものだと思うから、この国の治《ち》水《すい》事業を完成させたいと思っている」

半身をねじったまま、ナルメルは言葉を失う。いまアリアスが口にした言葉を、自分がどんなふうに捉えればよいのかわからなかった。

うっすらと唇を開いたまま呆然《ぼうぜん》としていると、アリアスはふっと頬を緩めた。

これまで見たこともないような、やわらかい笑顔に胸が音をたてた。

「もちろん公的な業務に、そんな私情だけで挑もうとは思っていない。だが大切なものをなくして、それを恨みや仇《あだ》で晴らすのではなく、迷いながらも越えようとしているお前に報いてやりたいと思っている」

ナルメルは息をつめた。やがて呼吸とともに言葉を取り戻す。

「………どうして、そんなふうに思ってくれるのですか？」

「俺はそう思えなかったからだ。親友を亡くして敵を恨《うら》んだ。なにがあっても仇を取ると誓《ちか》った。実際そうした。ニキアの戦いは俺にとって〝弔《とむら》い合戦〟だった。他の人間は誤解しているようだが、腕を怪我《けが》したことにもむしろ満足していたんだ」

ナルメルは意外な思いでアリアスの告白を聞いた。

赴任《ふにん》当初の荒れた態度は、腕の怪我で戦場に立てなくなったゆえだと思っていた。それゆえに、このネプティスまで左遷《させん》させられたのだと思っていたのに。

「だが、遺体にすがりついて泣く彼の恋人を見たとき、そんなことで満足した自分の愚《おろ》かさを心の底から呪った」

痛烈な自分に対する批判を、淡々と他人事《ひとごと》のようにアリアスは語った。

予想外の言葉に、ナルメルはひどく緊張した面持ちでアリアスを見つめる。

どぎまぎしていた。この人は、戦場にたてなくなったことが辛《つら》いのではなくて――。

アリアスは堤防下を流れるネプの水面に目をむけ、小さく息をついた。

「仇討ちとか勇ましいことを言っても、残された者は少しも救われないな……」

その口調が痛ましくて、ナルメルは表情をゆがめる。

ぽつりとアリアスはつぶやいた。

「そのことを、陛下はわかっておられるのだろうな………」

ナルメルは、先日アリアスが口にした言葉を思いだした。

――自分の父親を殺した相手に、なぜ陛下はいまのような態度でふるまえるのだろう。

あのときナルメルは、自分なりの言葉で答えたつもりだった。だが言うまでもなく、アリアスはすでにわかっていたのだ。国王の思惑《おもわく》も、自分がなにをどうするべきなのかも。

ただ気持ちのほうで、なかなか受け入れることができずにいたから――。

「ニキアの勝利も、腕の怪我も……結局は死んだ者のためではなく、自分を慰めたかっただけだったんだ」

思わずナルメルは振りかえろうとした。だが後頭部を軽く押さえつけられ、軽く前のめりになる。勢いでたてがみに顔を埋めそうになった。

けして悲痛な声音《こわね》ではなかった。むしろ歌うようにひょうひょうとしていた。

それなのに、ひどくどきまぎとした。

馬の黒いたてがみを見ながら、以前アリアスがつぶやいた言葉の意味を考える。

――死んだ者が一番痛ましいが、残された者もやはり痛ましいものだ。

鼓動がゆっくりと音をたてる。

この人は、剣を握れなくなったことが辛いのではない。

親友を守れなかったこと、親友の恋人を嘆《なげ》かせたこと、そしてどうあっても亡くなった者の無念を果たせないことが辛く、そして〝自分〟を許せないのだ。

「先陣を切って駆け出すことはできなくても、剣を持つことはできなくても、それで死んだ者が報われるのならいいと思っていた」

口ずさむように言われた言葉に、鼓動がまたひとつ鳴る。

「たとえ手足を失ったとしても、あいつが生きてさえいてくれたら……」

いつのまにか、鼓動は早鐘《はやがね》のように打ちつづける。その間も頭を押さえる手には、さりげなく力がこめられている。アリアスがふりむかれたくないと思っていること、いま自分の顔を見られたくないと思っている気持ちが伝わった。

だからナルメルは、アリアスの言葉の意味を考えた。

——手足を失ったとしても、あいつが生きてさえいてくれたら。

だが四肢《しし》のすべてをささげようと、いや別の生命を捧げようと、失われた生命が戻らないことぐらいわかっている。母の生命を奪った水の王宮はすでになく、水門をあけることを拒《こば》んだかつての王は、ブラーナにより処刑された。それでも母は戻ってこないではないか。

わかっているのに口にせずにはいられない切ない思い。

失ったものを、けして戻ることがないものを求めつづけるのは、空虚な思いをいまも埋められないでいるからだ。

「………母様」

息を吐くようにナルメルはつぶやいた。無意識のうちに頰《ほお》のうえを涙がつたう。

「ごめんなさい……助けてあげられなくて……」

そのとき後頭部を押さえていた力がゆるみ、額に右手を回された。左手で肩を抱えこまれるようにしてゆるく、本当にゆるく抱きよせられた。

ナルメルは固く瞼《まぶた》を閉ざした。動揺《どうよう》は少しもしなかった。

父親が子供をなだめるような抱擁《ほうよう》に、ナルメルはこのうえない安心感を覚えた。

背中を通して感じる広く温かい胸に、ナルメルは安心して泣いた。

気持ちが落ち着いてきたころ、まるで見計らったようにアリアスの手が離れた。

抱きよせられていた時間は、おそらくほんの数分だったのだろう。

だがそのわずかな時間の間に、これまでずっと消せずに苦しんでいた、母に対する切ない思いや罪悪感が和らいでいった。涙で濡れた瞳をネプ河にむける。いまなら水面からのぞく王宮も、平静な心で見つめられるような気がした。

アリアスは黙って馬を進めた。そういえば駐屯地《ちゅうとんち》にむかう予定だったことを思いだす。だったら一度戻って自分の馬を、という考えが脳裏《のうり》をかすめる。

だがすぐに気がそがれてしまった。彼の腕の中はあまりにも心地《ここち》よい。アリアスがなにも言わないのなら、このままでいい――いつしかそんな気持ちになっていた。

堤防を降り、農業用に掘られた粗末な溝《みぞ》沿いに農地を進む。

やがて涙も乾いたころ、おもむろにアリアスが言った。

「お前のように考えることができれば、少しは前に進めるかと思った。だけどお前も、なにも疑っていないわけじゃないんだな」

ナルメルは驚いてうしろをむく。見上げるとアリアスが、小気味よさそうに笑っていた。

これまでの説教めいた発言を思いだし、居たたまれない気持ちになる。

「……すみません」

「別に謝ることはない。迷いなんて誰にでもある。俺が好ましいと思っているのは、お前が見ている方向だからな」

アリアスはふたたび〝好ましい〟という言葉を繰りかえした。

だが先刻はときめいたはずの言葉に、ナルメルの心は強張《こわば》った。

同じ言葉を使っていても、先刻の将軍に言ったものとはずいぶんと感覚がちがっている。

――つまり、そういう意味なのか。

それはそうだ。あれは求婚をかわすために、口から言った出任せなのだから。

意図が明解になったあと、一瞬でも気落ちした自分に腹立たしさすら覚えた。

宗主国《そうしゅこく》の皇子を相手に、なにを馬鹿なことを考えていたのだろう。いったいなにを期待していたのだろう。人として尊重してくれたことを光栄だと思いこそすれ、がっかりするなんて立場をわきまえないにもほどがあるではないか。

「駐屯地《ちゅうとんち》まで、どれほどですか？」

事務的にナルメルは尋ねた。口調が変わったことを訝《いぶか》しく思ったのだろう。アリアスは即答しなかった。だがナルメルは振りむかなかった。頑《かたく》なに黒いたてがみを見つめ、ひたすら彼の返事を待った。それ以上、なにも思うまいと誓《ちか》っていた。

「ああ、もう見えてきている」

ややぎこちなく言いながら、アリアスの指がナルメルの顔の横で伸びた。

彼が指差した方向には、生成《きなり》色の天幕が見えた。

「止めてください」

ナルメルの言葉に、アリアスは手綱《たづな》をひく。馬が止まるやいなや、アリアスの腕をかいくぐるようにして、なかば強引にナルメルは下馬した。驚くアリアスを見上げてきっぱりと言う。

「兵達の目がありますから、私はここから歩いてゆきます」

希望ではなく通達だった。手綱を持ったままぽかんとするアリアスに、深々と頭を下げる。

そのまま平伏していると、やがて蹄《ひづめ》が土を蹴《け》る音がして馬が動く気配がした。表情は見えなかったが、なにも言わずに行ってしまったことから推察して、かなり気を悪くしたのだろう。

しかたがない、と承知している。無礼を働いたのはこちらだ。

だが振り回されるのは嫌だ。心を乱されるのは怖い。

アリアスの顔を見ても平然としているために、いったん距離を置きたかった。

あのまま駐屯地に入って、なにも意識をしない自信がなかった。

「落ちついて……」

小さくつぶやき、息を吐いたときだ。

足元に子供の拳《こぶし》ぐらいの石が転がった。驚いて顔をむけると、刈《か》りいれの終わった畑に、一人の老人が立っていた。ひどく腰が曲がっているため、大きな杖《つえ》にもたれるようにして立っている。深い皺《しわ》が刻まれた顔の、形相《ぎょうそう》のすさまじさにナルメルはぞくりとする。

「売国奴《ばいこくど》！」

唾《つば》を吐くように言われた言葉に凍りついた。それでも数日前であれば、たとえ相手が老人であろうと、こんな理不尽《りふじん》な攻撃に対しては抗議をしたはずだ。相手の行為が自分の意に添わぬからといって、批難はともかく石を投げつけるなど人として許される行為ではない。

だが——ナルメルは自分の足元に落ちた石を見た。この老人が投げたのだとしたら、よくここまで届いたものだとむしろ感心した。人に石を投げるという卑劣《ひれつ》な行為を、なんの迷いもなく行えるぐらい、自分の行動に迷いがないのならかえってうらやましい。

ナルメルは石を持ちあげ、老人がいるのとは反対側の畑に放り投げた。

まばらに生えた雑草の中に石は落ちた。そのまま老人のほうに目もむけず、天幕の張られた駐屯地《ちゅうとんち》にむかった。自分の仕事を果たすためだけに。

第一地区の工事は、翌日には再開された。説得は拍子抜《ひょうしぬ》けするほど簡単にすんだらしい。考えてみれば当たり前で、事件直後で興奮していたときはともかく、少し冷静になれば上官に逆らうことがどのような事態を招くのか、ブラーナ兵であれば誰もが承知している。

もちろん若い兵に圧倒的に支持されていた、というアリアスの人望も功を奏したにちがいない。長官としての責任を果たすことで、アリアスはブラーナ人からの信頼を取り戻していた。

いっぽうで旧水路の復旧作業は、思ったより難航しそうだという話だった。

土嚢《どのう》や石をのけて点検してみたところ、壁の破損が著《いちじる》しく、このままでは決壊する危険性があるのだという。そうなれば水路近辺の住人の安全が脅《おびや》かされる。さいわい新水路のほうはさほどの被害ではないので、近々に工事は完了するだろうということだ。

会議が終わったあとも、アリアスは控え室で数名の高官達と話しをしていた。

ブラーナとネプティスの者が二人ずついる。それぞれの従者は部屋の隅で控えていた。

「技師のやつ、どうあっても雨季までに工事は間にあわないと断言したぞ。はっきりした到来日なぞわかってもないのに。もし雨季が遅れて、一ヵ月後にきたらどうするんだ」

「お言葉ですが殿下、それは日照りです」

半《なか》ば怒ったようなアリアスの言葉を、素早く指摘したのはネプティス人の学者だった。

アリアスは渋い顔をした。言うまでもなく日照りは、洪水より脅威《きょうい》である。

「しかし水門を開いてもそんな危険な状態であれば、閉門されかつ水路がひとつしかなかった二十年前は、どれだけ被害があったんだ」

「その時代は、いまほど居住区は広範囲ではありませんでした。人がいないところで氾濫《はんらん》が起きても被害は出ません。それに洪水で一度沈んだ土地は、乾季に水が引いたあと沃土《よくど》になります。その頃に戻ってきて農地として使っていたのです。水路が整備されるまでは、洪水は必要なものだったのですよ」

「じゃあ水がひくまでの数ヶ月間、なにをやっていたんだ」

「農地がありませんので、農業以外のことをやっています」

アリアスは辟易《へきえき》した顔をした。二圃《にほ》式の農業を行っているブラーナ人からすると、信じがたい暢気《のんき》さなのだろう。もちろんその間にもやること山ほどあるわけだが、ブラーナの介入《かいにゅう》で、ネプティスの農業生産高は倍に増えたといわれている。

戻ってきたアリアスは、第一地区の視察にむかうことを告げた。

中庭で馬丁《ばてい》が馬を連れてくるのを待つ間、思いだしたようにレウスが言った。

「さきほどは盛りあがっていましたね」

控え室での、高官達との話しあいのことを言っているのだろう。

アリアスは〝ああ〟とうなずく。

「やはりこの国の発展には、治水《ちすい》事業がかかせんな」

悪意なく言われたであろう言葉に、ナルメルは針で衝《つ》かれたような不快感を覚えた。

この国のため？　それはつまり、あなたの国のためではないか。この治水事業はいずれ帰る母国のために、この国を安定した食糧倉庫にするための事業ではないか。そう思ったらむらむらと反発心がこみあげてきて、気がついたら強い口調で言っていた。

「別に洪水に甘んじていたわけではありません」

一瞬、アリアスは呆気《あっけ》に取られたような顔をする。

だがすぐに気を取り直したのか、諭《さと》すように言った。

「確かに、洪水を待つことはこの国の知恵だったな。昔であればそれだけで十分だった。だがこれだけ人口が増えては、そんな悠長《ゆうちょう》なことも言ってはいられないだろう？」

「この国の人口が増えたのは、ブラーナの侵略があったからです」

言下に反論したあと、さすがに後悔した。日頃の自分の言動や行動と、矛盾《むじゅん》していることを承知していたからだ。過去よりも豊かな生活を享受《きょうじゅ》できるから侵略されてよかった、などとはけして思っていない。だが現在のこの国は、ブラーナの存在なしでは成り立たない。そのことは十分承知していたはずなのに――。

理性と反対のところで出た言葉を撤回しようと、口を開きかけたときだ。

「どうしたんだ、お前？」

芯《しん》から訝《いぶか》しく思っているようなアリアスの物言いに、頭に血が昇った。

後悔も反省も吹きとばして、興奮して叫ぶ。

「ネプティス人だけであれば、洪水を待つだけの農業で十分だったのです。この国を発展させたいのは、穀類《こくるい》の供給を安定させたいのはブラーナ人でしょう？」

どうしてこれほどいらだつのかわからなかった。国家は自国に利がなければ、他国の発展のために尽力《じんりょく》などしない。そんなことは承知している。

それなのに今日に限って不快でならない。宗主国と従属国。中央大陸と南方大陸。白い肌と褐色《かっしょく》の肌。思いつく限り、アリアスとのあらゆるちがいがナルメルをいらだたせた。

いっぽうで、さすがにアリアスも表情を険しくさせた。

「あたりまえだ。俺達はお前達に奉仕するためにこの国に来たわけじゃない」

ぴしゃりと言うと、挑むように正面からナルメルを見据《みす》える。

「このさいはっきりと言っておく。俺は〝ブラーナによる平和と理知〟なんて言葉を聞くと、自国のことながら白々しくて反吐《へど》がでる。ブラーナは自分達の国のために、この国を占領したんだ。侵略の理屈なんてそれ以外なにがある！」

一息に言ってしまうと、アリアスは肩で大きく息をした。

いくぶん興奮がさめた彼の表情に、ナルメルははっとする。

まだ怒りの名残《なごり》はあったが、アリアスの表情はひどくやるせないものだった。

心が痛んだ。アリアスが自分と同じことを思っていたことに。そしてその現実に、彼なりになんらかの呵責《かしやく》を感じていることを知って、ナルメルの心はひどく痛んだ。

先刻の興奮はどこへやら、一転押し黙ってしまった二人にレウスがおろおろとする。

口論の最中であれば、身分差を考えてとうぜんナルメルのほうを諫《いさ》めていただろうが、驚きのあまりあきらかに機会を逸してしまっていた。

「すみません、お待たせしました」

場の雰囲気《ふんいき》を無視した朗《ほが》らかな声は、馬丁のものだった。

三頭の馬を引き連れ、首を傾《かし》げつつ言う。

「なんだか落ちつかないんですよ」

一瞬なんのことかと思ったが、すぐに馬の機嫌を言っているのだとわかった。

引き連れてこられた馬は、三頭とも鼻息を荒くしていたからだ。

「いったいどうしたんだ、お前？」

アリアスが訝しげな顔で、自分の馬に話しかけたときだ。

とつぜんあたりが、灰色のヴェールをかぶせられように暗くなった。

全員が空を見上げた。暗いのも当たり前で、ほんの先刻まで雲ひとつなかった青空が、にわかにかき曇りはじめていた。濃い灰色の雲がみるみる広がり、空がたちまち真っ黒になる。厚い雲のむこうで、ごろごろと巨大な獣が喉《のど》を鳴らすような音がした。

「なんでしょう？」

レウスがつぶやいたとき、黒い帳《とばり》を引き裂くように黄金色の稲妻《いなずま》が音をたてて走った。

そしてほとんど間をおかずして、盥《たらい》か瓶《かめ》をひっくり返したような勢いの雨が、激しい音をたてて降ってきたのだ。

一瞬の間をおいて、ナルメルはつぶやいた。

「……ヨーレーだわ」

最初の雨。すなわち雨季に入ったのである。

そうしている間にも、まるで叩きつけるように雨は降りつづける。

「殿下、雨宿りを……」

思いだしたようにレウスが言うが、アリアスは首を横にふった。確かに髪も服も、下着まで濡れそぼっているような状態では、雨宿りなどなんの意味もない。

「いや、それよりも水門を開きにいく」

「は？」

「鍵《かぎ》は俺が持っているから、先に行くぞ。お前は助っ人《すけと》を何人か呼んでこい。それから水門から先の川辺にいる人間には避難を呼びかけろ。水門を開けば一気に水位があがる」

自分の言いたいことだけ言ってしまうと、アリアスは素早く騎乗する。

「ちょ、で、殿下……」

レウスが呼びかけたが、無視してアリアスは馬を走らせた。あるいはすさまじい雨音で、声が聞こえなかっただけかもしれない。

「私が追います。レウスさんは助けを呼んでから、追いかけてきてください」

素早く騎乗すると、ナルメルはあとを追う。激しい雨の中で視界はぼやけ、姿を見失ってしまいそうだ。行き先がわかっていなければ、こんなに闇雲《やみくも》に馬を走らせられなかっただろう。

水門には、目抜き通りを馬で数分も走らせればたどりつく。その間、アリアスは一度もふりかえらなかった。それだけ水門が気になるのか、それとも先刻の諍《いさか》いに立腹し、故意に無視をしているのかはわからなかった。

激しい雨の先に、水門が見えてきた。堤防から見下ろすと、水量の増した河は黄土《おうど》に色を変え、ごうごうと音をたてて水面をうねらせながら流れていた。だが、まだ決壊を心配するような水位ではない。心配なのは水門の前の水路のほうだ。

水門前に回ると、あんのじょうだった。旧水路の封鎖もあり、新水路のほうにはあふれんばかりの水が流れこんでいた。水をせき止める扉が使えない以上、水門を開いて本流のほうに水を流さなければ、このままでは街中に水があふれてしまうかもしれない。

下馬すると、アリアスは堤防を駆け下りた。ナルメルも後につづく。

水位はずいぶんと上がっていた。岸辺を歩くにはまだいくぶんの余裕があったが、長く生い茂った葦《あし》の根元はすでに水につかっていた。一時間も降れば全体がつかってしまうだろう。

人が行き来するからなのか、その周囲だけ葦が刈《か》られた川岸には、巨大な柱が建てられていた。水門を形成する五つの柱のひとつである。同じような柱が水中に三本。反対側の岸辺に一本建てられている。以前は中洲《なかす》を維持するため、水門を管理する王族以外、近づくことを許されなかった場所である。

それぞれの柱を繋《つな》ぐようにして、長い木製の橋が設置されていた。水門はあの橋の上から操作されるのである。だがこうして間近によってみても、橋に昇るための梯子《はしご》や階段らしきものは見当たらない。

(いったい、どこから……)

そこでナルメルは、岸辺に建てられた正面の柱を見てはっとする。

石を積み上げて造った柱には、人一人が通れるくらいの小さな扉が設置されていた。

(あれが?)

果たしてアリアスは、扉に近づいた。

「殿下」

ついにナルメルは呼びかけた。雨粒に目をすがめながら、アリアスはふりむいた。追いかけてきたことは知っていたのか、彼に驚いたようすはなかった。

ふと目をむけると、彼の右手には黄銅色の鍵が握られていた。

ちょうど女性の拳《こぶし》くらいの大きさで、細い金属製の輪がつけられていた。

にわかに複雑な気持ちになり、ナルメルは口をつぐんだ。

なにを動揺《どうよう》しているのだろう。総督府《そうとくふ》の長官であるアリアスが、水門の鍵を保有していてもおかしくはない。先刻彼自身がそう言っていたばかりだ。だがあらためて目にすると、国王が本当に水門の管理を総督府に委《ゆだ》ねてしまったのだと実感する。

水門を操作できるのは、女神の子孫である王族のみ。

水の王宮の創設以来、頑《かたく》なに守られてきたこの決まりは、王家の誇りと伝統でもあった。

それを安全のためとはいえ、あっさりとブラーナに委ねてしまった国王のやり方は、確かに愛国心の強い者や、過激な思想の持ち主からは反発を買うものだろう。渡したほうも受け取ったほうも——国王もアリアスも——果たしてどんな思いでいるだろう。

「余計なことを考えずに手伝え」

心を読まれたのかと思うような発言にぎくりとする。それなのにアリアスは、迷いもせずに扉に近づこうとする。たまらずナルメルは声を大きくした。

「どうして、そんなに懸命《けんめい》なのですか？」

アリアスは足を止め、ふりかえった。

「どうして？　この国はあなたの祖国じゃないでしょう？　あなた達が自分の国のために侵略した国なのに」

叫びながらナルメルは、次第に興奮していった。

奉仕するために来たのではない。自分達のためにネプティスを侵略したのだと、はっきりと言ったばかりではないか。

それなのに、どうしてそんなに懸命《けんめい》に——人を助けようとする。

もっと傲慢《ごうまん》で、自分達のことだけを考えていてくれれば憎むことができたのに——。

「侵略した国の者は同じ人間ではない、そんなふうに俺が思っているとでもいうのか？」

いらだったように言われた言葉に、ナルメルは泣きたくなった。

許すまいと思った心が、人となりを知れば知るほど、彼への思いでいっぱいになる。

本来ならば雲の上の存在のような人であり、なにより私達の国に武力で押し入り、蹂躙《じゅうりん》した側の人間なのに。

「……ナルメル？」

表情からいらだちを消し、いぶかしんだような顔でアリアスはこちらに近づいてきた。

ナルメルはおびえたように頰《ほお》を引きつらせ、一歩後退しようとする。

そのときだった。

「伏せろ！」

言うなり、思いきり地面に押し倒された。次の瞬間、頭の上で風を切る音が通り抜けた。

ぬかるんだ地面で痛みはさほどなかったが、口の中に泥が入った。

硬いものを貫《つらぬ》く鈍い音に、咳《せ》きこみながらおそるおそる顔をむける。

柱に設《しつら》えられた重厚な木の扉に、深々と矢が突き刺さっていた。声をあげる間もなく、アリアスが叫んだ。

「動くな！」

とっさにその場で身を硬くする。再び聞こえた音は、今度は頭上でかき消された。おそるおそる目を開けてみると、泥の上で握りしめた手元になにかが落ちていた。

それが二つに割れた矢だと気がついて、驚きでナルメルは目を瞠《みは》る。

「さすが、ニキアの英雄と呼ばれただけはあるね」

聞き覚えのある声に顔をあげ、愕然《がくぜん》となった。

少し離れた場所で弓を構えていたのは、繁華街《はんかがい》で襲いかかってきた反乱軍の女だった。

確かイルナといった。客引きのふりをして、アリアスを誘い込もうとしていたあの女だ。彼女の背後には、帯剣した男が三人立っている。

反対を見ると、アリアスは座りこんだまま、右手に剣を持っている。この姿勢から剣を抜いて、飛んでくる矢を切り落としたというのだろうか？　だとしたら信じがたい話だ。

アリアスは左膝を立てて、右手に持った剣を両足の間に投げだした格好で、イルナをにらみつけていた。その視線をあざわらうように、イルナは楽しげな声をあげた。

「まさかこんなところで会うことになるとは。殿下、ひょっとしてあなたとは、縁があるのかもしれないね」

「そうだな。ちがう国とはいえ、王族同士、縁があるのかもな」

ぶっきらぼうに言われたアリアスの言葉に、イルナは表情を一変させた。

ナルメルは驚いて、地面に伏したまま女を見上げた。激しい雨が降る中でははっきりとわからないが、言われてみれば彼女の瞳は王太子のような煉瓦《れんが》色に見えた。暗闇で会った先日はいっこうに気がつかなかったが……。

総督府《そうとくふ》の支配により、かつての特権を受けられなくなった王族や貴族達が、ひそかに反乱組織を支援しているらしいということは以前から聞かされている。

ということは、彼女は――。

「お前の目的はこの鍵《かぎ》か？」

アリアスは左手で鍵を拾いあげ、自分の胸の前にかざしてみせた。

ナルメルは先刻の自分の迷いを思いだした。

水門の管理は、ネプティス王家の矜持《きょうじ》でもあった。もしこのイルナという女が王家の流れをひく者ならば、鍵がブラーナ総督府に渡ってしまったことは許しがたい事態にちがいない。

（じゃあ……）

この雨で水門が開かれることを予想して、鍵を奪おうと待ち伏せをしていたのだろうか。

「ご明察《めいさつ》、恐れ入るね。こんな荒仕事、下《した》っ端《ぱ》が一人でくるかと思っていたが、まさか総督府長官が、直々においでになるとは思わなかったよ」

「どうせなら、水門を開けてからくればいいものを」

苦々しげなアリアスの言葉に、イルナはそれまでの余裕のある表情を一転させた。

「この橋に昇ることが許されるのは、ネプティスの王族だけだ！」

怒りと憎悪《ぞうお》に燃えた声に、アリアスは冷静に言った。

「ではお前にこの鍵を渡すから、俺に代わって水門を開け」

だがアリアスの申し出を、イルナは一笑《いっしょう》にふした。

「馬鹿なことを。新水路流域の住民は、総督府を支持している売国奴《ばいこくど》ばかりじゃないか。氾濫《はんらん》が起きて、街が沈もうと知ったことか」

信じがたい言葉にナルメルは絶句する。続いて激しい怒りがこみあげてきた。

だから？　だから水門を開けなかったのか？　街に被害が出ることを承知していながら、自分達の矜持のためだけに水の王宮を維持しつづけたのか？

目の前にいる女は、けして先代の王達ではない。瞳の色から推察しても、王族とはいっても本当に流れを組むだけの傍流《ぼうりゅう》だろう。それはわかっているのに、歴代の王達の根底にあった考えを見せつけられたような気がして、ナルメルは怒りに打ち震えた。

「さあ、鍵を渡してもらおうか？」

矢をむけたままイルナは言うが、アリアスは平然としたものだった。

「どうやって？」

「こっちに投げてよこすんだ」

「そうしたらお前が、俺に矢を放っておしまいだろう？　水門は開かれず、弓で射殺され、だとしたら、俺がお前の言うことを素直に聞く必要性がどこにあるんだ？」

ふてぶてしく言うと、アリアスは胸の前で持っていた鍵を突きだした。

金属の輪にぶら下がった黄銅色の鍵は、アリアスの腕の動きで風に吹かれたように揺れた。

「それくらいなら、このまま河に放り投げたほうがましだな」

イルナの顔が強張《こわば》った。水位はさらに増し、一馬身ほどの距離まで水が押し寄せている。

このままでは、ここもすぐに水没してしまうだろう。

「お前が俺に矢を放つのと、俺が鍵を放り投げるのはどちらが早いかな？」

余裕たっぷりにアリアスは言う。だが完全な脅《おど》しだった。しゃがみこんだままのいまの体勢を考えれば、アリアスがあの左腕で鍵を河まで放り投げられるはずがないのだ。

幸いイルナは疑いもしていないらしく、憤《ふん》怒《ぬ》の表情でアリアスをにらみつけた。

そのまま拮抗《きっこう》したように両者はにらみあう。

「殿下～」

とつぜん、堤防の上からレウスの声が聞こえてきた。この雨の中で聞こえるのだから、相当に大きな声を出しているのだろう。

イルナの顔に動揺《どうよう》の色が浮かぶ。後ろにいた男達も、あわてだした。

「おい、まずいぞ！」

男の言葉にイルナは悔しげな表情で唇をかみしめ、憎々しげにつぶやいた。

「ここまできて……」

アリアスはなにも言わなかった。なにしろこの状況であってもイルナは弓を構えている。下へ手《た》に挑発することは危険すぎる。

「水門を操作するとき、次からは厳重な警備になるんだろうねえ」

「ぐずぐずするな、行くぞ！」

未練がましく言うイルナに、男達は痺《しび》れを切らしたように逃げだしていった。

イルナは無念の表情で、踵《きびす》をかえそうとした。そのまま逃げだすかと思っていた。

だが身をひるがえしたさい、アリアスの姿をとらえた彼女の煉瓦《れんが》色の瞳が剣呑《けんのん》に光った。

次の瞬間、イルナは弓を引きはなったのだ。

ナルメルは声にならない悲鳴をあげた。

ほとんどまちがいなく、その矢はアリアスの心臓に討《う》ちこまれるはずだった。

討ちこまれたと思った。

だが矢は心臓ではなく、アリアスが胸の前で構えていた鍵に当たって方角を変えた。衝撃で鍵が吹き飛ぶ。跳ねかえった矢が立てられていたアリアスの左脚をかすめ、大きな孤を描いて飛んだ鍵は、まだらに葦が生えた水際ぎりぎりの岸辺に落ちた。

「殿下！」

ナルメルは声を取り戻した。ぬかるみから身体《からだ》を起こし、急いで駆けよる。

結果を見たのかどうかは不明だが、イルナの姿は生い茂った葦のむこうに消えうせていた。

「だ、大丈夫ですか？」

アリアスは表情をゆがめ、脚を押さえていた。矢はすねの辺りをかすめたらしい。

激しい雨で瞬く間に流されているはずなのに、指の間からどんどん血があふれてくる。

「大丈夫だ。それより鍵《かぎ》を……」

立ち上がろうとしたアリアスは、痛みで顔をゆがめその場に膝をついた。

ナルメルは驚いた。かすめただけだと思っていたが、この痛がりかたや出血量から存外に傷は重いのだろうか。ひょっとして鏃《やじり》に、毒でも塗ってあったのではないだろうか。

「て、手当てを」

「そんなものは後だ。一刻も早く水門を開けないと、近辺の住民が危ない」

「で、でも……」

青ざめるナルメルを、アリアスは怒鳴《どな》りつけた。

「言っただろう！　たとえ手足を失っても、生きていてくれたら……」

威勢よく叫んだはいいが、傷に響いたのかアリアスは低くうめいた。

あわてるナルメルに、アリアスは苦悶《くもん》の表情で言った。

「早くしろ、流される」

ぎくりとして岸辺を見る。三馬身ほど先の水際に落ちた鍵は、波にさらわれる寸前だった。

気を取り直し、ナルメルは立ちあがった。水際にかけより、ぬかるんだ地面から鍵を拾いあげる。戻ろうとした矢先、背中にあせったようなアリアスの声がかかった。

「葦《あし》の葉をしっかりつかんで戻ってこい！」

意味もわからないまま、手近に生えていた葦を右手でつかむ。

その瞬間、とつぜん大きな水流が押しよせてきた。

吹き飛ばされるような衝撃に、反射的に両手を握りしめる。右手で強く摑《つか》んだ葦でなんとか踏みとどまったが、容赦《ようしゃ》なく押しよせる水に今にも押し流されてしまいそうだ。

たいした深さではないのだろうが、横流しになった身体は地に足がつかない。

「ナルメル！」

水から顔をあげた瞬間、悲鳴のようなアリアスの声が聞こえた。

ほとんど反射的に、ナルメルは左手に持っていた鍵を岸にむかって放り投げた。

すぐに水流が襲ってくる。葦を両手で持ち、なんとか上がろうとするが、想像を絶する勢いに身体が流されてしまう。水面から顔を出して息をつなぐも、すぐに呑《の》みこまれる。

苦しい息の下で、葦を握る手の力がゆるみかける。

(母様……)

十二年前、同じようにネプに流された母の姿を思いおこした。ほんの一瞬のことだと思っていたのに、水の中で母はこれほど長い時間苦しんでいたのだろうか。

助けてあげられなくて、ごめんなさい。あの鍵で水門が開かれれば、そして河川工事が完成すれば、こんな思いをする人がいなくなるから――。

意識ももうろうとしかけたとき、右の手首をがっしりとつかまれた。

そのまま水面から引きあげられ、息を吹きかえした。四《よ》つん這《ば》いのまま数度咳《せ》きこみ、なんとか落ち着きを取り戻す。心臓はまだどきどきとしているが、ほかに苦しいところはない。

ゆっくりと戻ってきた視界の中に、地面に伏したような格好から、上半身だけを起こしたアリアスの姿があった。彼の両手は、しっかりとナルメルの手首を握っている。

とっさに状況がわからないでいるナルメルの目前で、アリアスはゆっくりと顔をあげた。

目があった瞬間、息をつくようにアリアスは言った。

「よかった……」

ナルメルは軽く瞬きをする。

「悪かった。気が焦っていて、危ないことをさせた……」

それだけ言うとアリアスは、力尽きたようにがっくりとうなだれ、ぬかるんだ地面に顔を伏した。彼が立ちあがることもできなかったことを思いだし、ナルメルは青くなった。

這《は》うようにして傍によると、肩をつかんで自分の膝《ひざ》の上で彼をあおむけさせる。覆《おお》いかぶさるようにして覗《のぞ》きこむと、白い顔が下町の子供のように泥で汚れていた。

「殿下！」

ナルメルが呼ぶより先に、レウスの叫びが聞こえた。

草と雨を弾きながら、数名の兵士を引き連れて駆けよってきたレウスは、ナルメルの膝の上で固く瞳を閉ざすアリアスにぎくりとした顔をする。

「遅い……」

瞳を閉じたまま、アリアスは言った。

最悪の事態でも思い浮かんでいたのか、レウスは安心した顔をする。

「そのあたりに鍵が落ちているはずだ。探してすぐに水門を開けろ」

アリアスの命令に、兵達は飛び上がるようにしてあたりを探しはじめた。

ほどなくして鍵は見つかった。この付近の草が刈り取られていたことが幸いした。

兵の一人が錠前《じょうまえ》に鍵を差しこんだ。小さいが重たげな扉は存外に簡単に開かれ、柱の内部が一望できた。扉を開けてすぐ正面には、石を積み上げた急斜面の階段が設えられていた。橋に上がるための階段だと悟ったとき、レウスを先頭に兵達が駆け上がっていた。

ナルメルは胸をなでおろした。

「もう大丈夫です」

その言葉に、閉ざされていたアリアスの瞼《まぶた》がうっすらと開かれる。濃い青い瞳にナルメルの姿を映すと、アリアスは絞《しぼ》りだすように言った。

「お前のおかげだ……」

弱々しい口調ながらも、やけにきっぱりと言われた言葉に一瞬戸惑う。

「お前が命がけで、鍵を投げてくれたからだ」

「…………」

「忘れるな。人間は相手を傷つけるだけじゃなく、助けることもできるんだ」

ナルメルは目を瞠《みは》った。

濁流《だくりゅう》にのまれて流されそうになったとき、母を助けられなかったことを悔いた。

とっさに鍵を投げたことで、救われた生命はあったのだろうか？　母を救うことができなかった自分が、他の誰かを救うことができたのだろうか？

――いつか別の人間に見ないふりをして返せばいい。

アリアスの言葉を思いだす。

誰かに返すことはできたのだろうか？　母を救えなかった自分も、親友を助けることができなかったアリアスも――。

「ええ。いま殿下も、私を助けてくださいました」

アリアスは上目遣いに、自分を見下ろすナルメルを見た。

上下でむかいあい、二人はしばらく見つめあった。

「そうか、この左手も役に立ったな……」

胸元の付近まで手を持ちあげると、アリアスは力なく笑った。

苦いものと暖かいものが同時にこみあげ、胸がいっぱいになる。

目の縁から熱い雫《しずく》がにじみでて、冷たい雨粒に混じり、泥で汚れたアリアスの頰に落ちた。

背中を衝《つ》かれたように、首をぴくりとそらすと、アリアスは弱々しく右手を伸ばした。

暗くてよく見えないのか、それともいくらか朦朧《もうろう》としているのか、一度口元に指先を触れさせたあと、探るようにして目じりにたどりつく。

「泣くな。男は惚《ほ》れた女に泣かれると、どうしていいのかわからんのだ」

終章

砂岩の門柱の前で、ナルメルは身を固くした。

二十日ぶりに訪れたアリアスの邸《やしき》は、まるで別の場所のように感じられた。

矢が掠《かす》めた程度の傷にしては、アリアスの回復は遅かった。

数日熱を出し、下腿《かたい》はどす黒く腫《は》れあがったということだった。やはり鏃《やじり》に毒が塗ってあったらしい。本来なら死んでいたかもしれないが、雨にさらされて毒が弱まっていたのだろう、と侍医《じい》は語ったそうだ。言われてみればイルナはアリアスの心臓を狙っていた。確実に毒が効く自信があるのなら、わざわざ心臓をねらう必要はないはずだ。

アリアスが自宅療養となったため、ナルメルは護衛の任を解かれ、王宮の警備に戻された。

それゆえ水門での一件から二十日を経た今日の日まで、アリアスとは一度も話をしていなかった。

総督府《そうとくふ》長官のアリアスに面会を求めるには、相応の手続きや地位が必要だった。

だがとつぜん侍従長《じじゅうちょう》経由で、国王からの見舞いを届けに彼の邸に行くことになったのだ。

今日のこの日まで、病状が気になってどれだけやきもきしたことだろう。

それでも今回見舞いの機会を得たことを、ナルメルは素直に喜ぶことができなかった。

護衛の任務を解かれたとたん、見舞いすら許されなくなった現実に、身分差をあらためて痛感させられた。

だからあの言葉も、いまとなってはうわ言かなにかだったとしか思えない。

――惚《ほ》れた女。

思いだしてナルメルは、軽く唇を結んだ。

もしあの言葉が本意なら、病床に呼び寄せようとするのではないだろうか？　病状は回復して、いまは意識もはっきりしていると聞かされている。

しかし今日のこの日まで、アリアスから連絡はなかった。

ひょっとしてこんなふうに訪ねることさえ、彼にとっては迷惑なのではないだろうか。

不安を抱いたまま門をくぐると、顔なじみの侍女が出迎えてくれた。

彼女の案内を得て部屋に入ると、寝台の上でアリアスは木製の椀《わん》を口元にあて、なにかを飲んでいる最中だった。生卵を丸呑《まるの》みするような表情に、ナルメルは呆気《あっけ》に取られる。とつぜんの訪問にむこうも驚いたのか、口元に椀をあてたまま目を見開いている。

「な、なにを飲んでいるんですか？」

ナルメルの問いに、アリアスは苦しげな顔で嚥下《えんか》をしてから言った。

「化膿《かのう》止めだ。雨季に入ってからの怪我《けが》は化膿が心配だ、と侍医のやつが言うからしかたないが、これは半端《はんぱ》ではない苦さだぞ」

飲んでみるか、とばかりに椀を突き出され、ナルメルは後じさって辞退する。

アリアスは声をあげて笑った。つられたように笑いながら、思ったよりも元気なようすに胸をなでおろす。だが笑いが途切れると、たちまち気まずい沈黙がおとずれた。

なにから話したらよいのかわからない。それ以前に、先に声をかけてよいような相手ではなかったことも思いだす。護衛をしている間はそんなこと考えもしなかったのに、二十日間という期間と任務を解かれたことが、二人を繋《つな》いでいた糸を切ってしまったように感じる。元々そんなことでもなければ、足元にも近づけない人なのだ。

——あんな言葉、熱が言わせたうわ言に決まっている。

消沈する思いをふりはらうと、ナルメルは枕元に近づき、おもむろに文箱《ふばこ》を差しだした。

「陛下からの親書でございます。殿下の怪我を大変心配しておられました」

慇懃《いんぎん》な口調に、アリアスはなんとも複雑な顔をした。

「この時期にこんなことになって、かえって申しわけないが……」

神妙に言うと、アリアスは文箱を受け取って枕元に置いた。

短い沈黙のあと、ぽつりとつぶやく。

「なめていたのかもしれんな」

「え？」

「戦場の代替地《だいたいち》のつもりで願いでたが、存外に大変なところだったな」

申しわけなさそうに言われた言葉に、ナルメルは驚かされた。

「殿下がご自分で、この地を望まれたのですか？」

「あんな迷いがある状態のまま、戦場で指揮をするなんてできるわけがないからな」

ナルメルは親友の死をひどく悼《いた》んでいたアリアスの言動を思いだした。

だがあれ以降、アリアスはその迷いを克服したように見える。

そう思いたったとたん、考えることなく口にしていた。

「アルカディウスに戻られるのですか？」

以前にも一度口にしたことのある言葉が、今回は想像以上に堪《こた》えた。

聞いてどうするのだ。あれは熱が言わせたうわごと。気軽に見舞いに行けるような相手ではない。そう痛感したばかりなのに、もう彼の行く先が気になっている。いなくなることを想像しただけで、これほどまでに動揺《どうよう》している。

「祖国が俺の力を必要としてくれるのなら、いずれはな」

覚悟していたこととはいえ、アリアスの言葉にナルメルは消沈した。だがすぐに、しかたがないと自分を説得する。故郷に対する思いは誰だって一緒だ。自分がネプティスを愛する気持ちと同様に、アリアスもブラーナを愛しているのだ。

動揺を悟られないよう表情を取り繕《つくろ》っていると、ふいに腕を取られた。

驚くナルメルの顔を、アリアスはじっと見上げた。

「そのときは、お前も一緒に来てくれるか？」

とっさに言葉の意味が理解できずにいると、たてつづけにアリアスは言った。

「俺の妻になって、アルカディウスに来て欲しい」

想像もしなかった、そして驚くほど単刀直入《たんとうちょくにゅう》な台詞《せりふ》に、ナルメルは呆然《ぼうぜん》となった。

その反応をどう解釈したのか、アリアスの表情がわずかに曇る。

「……無神経すぎたな。一緒に行けば、お前が嫌な思いをすることはわかっているのに」

自嘲《じちょう》気味に言われた言葉に、ナルメルはさらに混乱する。

そういえば以前晩餐会《ばんさんかい》に同行させられたあと、同じような台詞をアリアスは言った。

それは、つまり――。

ひょっとしてナルメルがアリアスに卑屈《ひくつ》な思いを抱いたように、アリアスもナルメルに引け目を感じていたのだろうか？　もちろん侵略した側としての複雑な思いが、彼の中にあったことは察していたけれど――。

「もういい、気にするな。見舞いは足労《そくろう》だったな」

早口に言うとアリアスは横たわり、まるで身を隠すように毛布を頭からかぶった。

なんだか激しく誤解をしているようだが、驚きのあまり訂正《ていせい》をする余裕がない。

混乱した頭のまま、先ほどのアリアスの言葉を反すうする。

――一緒に行けば、お前が嫌な思いをする。

だから病床に呼ぶことができなかったのだろうか？　自分と一緒になることが、ネプティス人であるナルメルの、平穏や尊厳を損《そこ》なうことになりかねないと危惧《きぐ》していたから。

（……まさか）

出会った当初、あれほど傲岸《ごうがん》だと思っていたアリアスが、自分と同じように悩み、自信をなくしていた現実に、ナルメルは目が覚めたような気持ちになった。

外国人であろうと皇子であろうと——侵略した側もされた側も——同じ人間だ。

そう思うと不思議なことに、これまで胸にあった不安が一掃《いっそう》されて、彼に対する愛《いと》おしさだけが残された。

ナルメルは毛布越しに、アリアスの身体《からだ》に手をおいた。

「どうして私が、嫌な思いをすると思われたのですか？」

その言葉にアリアスは毛布をはねあげ、身体を起こした。

「アルカディウスは、この国を侵略したブラーナの帝都だぞ！」

心持ち顔を赤くして、やけのように叫んだアリアスに、微笑を浮かべてナルメルは言った。

「でも、私は殿下と一緒なら大丈夫です」

草原の女王

はるか地平線のすぐ上で、巨大な太陽がゆらめいている。乾季の草原に放たれる炎のような色の夕陽を眺めながら、ラフィニアは野火《のび》を行う時期を考えていた。

緑がかった黒い瞳は、まるでにらみつけるように大地にむけられていた。ふっくらとした形のよい唇も、緊張感を持ってしっかりと閉ざされている。面差《おもざ》しに加え、亜麻布《あまぬの》で作られた男物の衣装《いしょう》。きっちりと束ねられた黒い髪。無駄《むだ》なく鍛えられた肢体《したい》と、すべてにおいて隙《すき》も余裕もない。

「さて、いつにしようか」

夕焼けに問いかけるように独《ひと》りごちる。

灌木《かんぼく》がまばらに生える草原のかなたに、夕陽を浴びたインパラの群れが動いてゆくのが見えた。野火を行うのなら、獣《けもの》達の道を避けなければいけない。そんなこともすべて、半年前に亡くなった父から教わったのだ。

ふと足元に影がさした。こんな村外れにいったい誰が？　そんな疑問より先に、総督府《そうとくふ》の手先かと、表情を険しくして顔をあげたラフィニアだったが、不覚にも馬上の人物に目をうばわれてしまった。

華奢《きゃしゃ》な肢体《したい》に、白のガラベーヤと煉瓦《れんが》色の外衣を巻きつけ、つややかな黒髪には白の頭布をかぶっている。ラフィニアが着ている脚衣《きゃくい》と貫頭式《かんとうしき》の上衣という、この地区の男達の服装とはあきらかにちがっていた。

西陽《にしび》を浴びたなめらかな肌の色は、大地のような自分達の肌より少し淡いが、白い肌のブラーナ人よりはずっと濃い。

描いたように秀麗《しゅうれい》な姿に、ラフィニアはしばし言葉を失った。

「申しわけないが……」

見た目から想像したよりも低い声で話しかけられて、ラフィニアはわれにかえる。とたん顔が熱くなる。

「そう思っているのなら、まず馬を下りろ」

焦りから怒ったようにラフィニアは言った。一瞬とはいえ、異性になど見惚《みと》れてしまった自分が、どうしようもなく恥ずかしかった。

少年は少し驚いた顔をしたが、あえて文句も言わず、黙って馬を下りた。

存外に素直な態度に拍子抜《ひょうしぬ》けする。目の前に降りたった彼の背丈は、女としては頭抜《ずぬ》けて高いラフィニアとあまり変わらなかった。

その長身に加え、いつも男の服を着ているのだから、初対面の人間は誰もラフィニアを女だと思わない。定期的に出頭を命じにくるブラーナ総督府の人間も、ラフィニアを女だと知っているのかどうか謎《なぞ》だ。生意気な若造だとは思っているだろうが。

「アハラムの村に行きたい。もし道を知っているのなら、教えてもらいたい」

少年の言葉にラフィニアは怪訝《けげん》な顔をする。

「アハラム？　お前、私の村に何の用だ」

「お前、アハラムの人間なのか？」

しごくあたり前の質問を少年はした。

ラフィニアはうなずく。

「そうか。ではノファという男を知っているか？　顔までは知らないが、もうずいぶんと年寄りらしい。彼を訪ねてきたところだ」

その名前にラフィニアは覚えがあった。牧畜を生業《なりわい》とする者が多数を占《し》めるアハラムの民には珍しく、商人として働いていた老人だ。なるほど。王都マリディに出ることもさいさんあった彼ならば、こんな毛色の変わった知り合いがいても不思議ではない。

「もちろん知っているとも。私はアハラムの首長だぞ」

少年はあからさまに疑わしげな顔をする。男女の認識以前に、十六歳の若造が『首長』などと名乗ればとうぜんの反応だが、ブラーナ総督府の連中もこんな顔をしていたと思うと、急に不快な気持ちになった。

「アハラムに来るのなら覚えておけ。私の名はラフィニア。十八代目の首長だ」

尊大な物言いに、少年は露骨《ろこつ》に疑わしげな顔をする。部族の者であればぶん殴《なぐ》ってやるところだが、よそ者ではそうもいかない。せめて脅《おど》しでもかけておくかと勇んだラフィニアだったが、頭布の下で胡散臭《うさんくさ》げに光る少年の瞳に、また言葉をなくした。

——紅玉《こうぎょく》の瞳。

長い睫《まつげ》に縁取《ふちど》られた大きな瞳は、鮮やかな紅色《べに》だった。

紅玉の瞳は、王家の血をひく証《あかし》。

父から聞かされた言葉を思いだし、ラフィニアはこくりと唾《つば》を飲んだ。

「お前、王家の人間なのか？」

少年は頭布の下で目を丸くした。

わずかな間をおいて、彼は言った。

「ネプティスの王家は、十一年も前に滅んだはずだろう」

くだらない、というような物言いに、ラフィニアは強い口調でやりかえす。

「たしかに前王はブラーナ総督府に処刑されたさ。だけど処罰《しょばつ》されたのは彼だけだし、子供や兄弟とか、王家の流れを汲《く》む人間ならいくらでもいるだろう。現に今の国王だって王家の遠縁だ」

先史の時代より繁栄《はんえい》を極めたネプティス王国が、北の大帝国ブラーナの侵略を受け、占領下におかれたのは十一年前だった。王都マリディは陥落《かんらく》し、最後まで抵抗した国王は処刑され、代わって王家の縁戚《えんせき》に当たる青年が新王にたてられた。この王は完全にブラーナ総督府の傀儡《かいらい》であった。

総督府はアハラムの民に、これまでと同様の従属を求めてきたが、父は強固に拒否しつづけていた——われわれが忠誠を誓《ちか》ったのは、紅玉の瞳の王だけだ、と言って。

古《いにしえ》の時代、ネプティス王家は南の辺境のアハラムの地に攻め入った。圧倒的な王家の戦力にひるむことなく、アハラムの民は勇猛果敢《ゆうもうかかん》に戦った。戦《いくさ》は長きにわたり、ついに決着がつかないまま、両者は和平を結んだ。

王家は勇猛果敢に戦ったアハラムの民に敬意を表し、黒ネプ川流域を含む、この草原地帯での半自治を認めた。それを受けてアハラムの民は、自分達を保護してくれるネプティス王家に忠誠を誓《ちか》い、証として年に一回の参内《さんだい》と貢納《こうのう》を行うことになった。はるか古の時代よりずっと、ネプティスがブラーナの支配下に置かれるまで、それはつづいていた。

むきになって反論するラフィニアに、少年は軽く顔をしかめた。

「さあな。何代か前を探せば、そんな人間もいたかもしれんが、俺は知らない」

どこかおざなりな物言いに、ラフィニアは怪訝《けげん》な顔で問う。

「お前、親はいないのか？」

「そんなもの見たこともない」

にべもない言葉に、半年前に尊敬する父を亡くしたばかりのラフィニアは、少しばかり胸を痛めた。きっとこの少年は両親がいないのだろう。しかも物言いからすると、彼が小さい頃にいなくなったようだ。死別なのか生き別れなのかまではわからないが。

「そうか」

しんみりした声でつぶやくと、ラフィニアはひょいと顔をあげた。

「じゃあついてこい。ノファのところまで案内する」

急に親切なことを言われて驚いたのか、少年は紅玉の瞳を丸くした。まったくどんな極上《ごくじょう》の貴石《きせき》でも、これほど鮮やかな色はしていないだろう。頭布を外して昼の光の下にさらしたのなら、どれだけ鮮やかに見えることだろう。そうラフィニアは思った。

「そうだ。お前、名前は？」

いまさら思いだして尋《たず》ねると、少年は不意を衝《つ》かれたように肩をぴくりとさせた。きょとんするラフィニアをよそに、一瞬の沈黙のあと彼は答えた。

「ナティール」


まばゆい橙《だいだい》の光に照らされた草原を、ラフィニアはナティールと連れ立って歩いた。

「お前、あんな所でなにをしていたんだ？」

手綱《たづな》を握ったまま、思いだしたようにナティールが尋ねた。ラフィニアの一言がきいたのか、たんに律儀《りちぎ》なのか、ナティールはずっと下馬したままだった。馬上のまま案内をしてもらうのは失礼だと思ったのだろうか。だとしたら、ぶっきらぼうな物言いとは裏腹に思慮《しりょ》深いことである。騎馬の旅ということを考えても、裕福な育ちだろうに。

「野火《のび》の頃合を考えていた」

「野火？　なんだ、それは」

訝《いぶか》しげにナティールは尋ねた。

「地面に火をつけることだ」

簡潔すぎる説明に、ナティールはからかっているのか、といわんばかりの顔をした。

「嘘じゃないさ」

ラフィニアは野火について説明を始めた。

短い雨季が終われば、サバナの土地はほとんど雨が降らなくなる。そのため家畜を飼育する新しい草を得るための、定期的な野火が必要となる。火によって刺激を与え、土の中にもぐる根の発芽《はつが》を促すのだ。

もちろんむやみに焼いてはいけない。草や土地の湿り具合、風のむき、火の広がりを止める川や丘の位置を計算した上で火を放たなくては大惨事《だいさんじ》になりかねない。

「火をかけることで、新しい芽が出るのか」

興味深そうにつぶやいたあと、おもむろにナティールは尋ねた。

「それをお前が一人でするのか？」

「場所や時期を決めるのは、長《おさ》である私の仕事だ」

火を放つ時期、範囲、風向きの計算、それらのすべてを、ラフィニアは亡くなった父から教わった。

誇らしげに胸をはるラフィニアに、ナティールはなんとも複雑な面持《おもも》ちで手綱《たづな》をひいた。

やがて日干し煉瓦《れんが》の塀《へい》で囲まれた村落が見えてきた。大抵の家は煉瓦か木造りだが、重要な建物は石でできている。代々つづくラフィニアの住居はもちろん石造りだ。

半自治を認められているといっても、アハラムはごく小規模な部族だ。人口もせいぜい小さな村程度のものでしかない。昔はもっと大きな部族だったらしいが、時代の流れと共に都会に転出する者が増えていった。

アハラムの民が牧畜を行うのは、ネプティス王家に認められた区域だけだ。黒ネプ川に近いこの村を拠点として、契約によって得た土地を利用し、乾季に定期的な野火を行い、牛や羊を育てて過ごしている。

集落の入り口をしめす門の手前には、コーヒーの樹がそびえていた。大人の男の二倍ほどある樹木は、濃緑の葉の間から赤い実をたわわに実らせている。

樹木の下をすり抜けると、門のむこうに背の高い一人の青年が立っていた。

「サライ」

ラフィニアは、四歳上の幼馴染《おさななじ》みの名を呼んだ。返事をするより先にサライは、訝《いぶか》しげな眼《まな》差《ざ》しをナティールにむけた。

すかさずラフィニアは説明する。

「ノファのところの客だ。彼は商売で都まで行き来していたのだから、客人がいてもおかしくはないだろう」

サライは合点《がてん》がいった顔をしたが、ナティールはじろじろ見られるのが嫌なのか、頭布をさらに深くかぶりなおした。特徴的な紅色の瞳に影がさす。それがなんとももったいないことのように、ラフィニアには思えた。

「昼間、総督府の連中が来たぞ」

よそ者のナティールに気遣ったのか、声をひそめてサライは言った。だけどこんな距離ではとっくに聞こえているだろう。

あんのじょうナティールは、探るような眼差《まなざ》しでこちらを見た。

「は」

聞こえよがしに、ラフィニアは大袈裟《おおげさ》なあざけりの声をあげた。

「そりゃあ、出かけていてよかった」

「ラフィニア」

サライは顔をしかめたが、ぴしゃりとラフィニアは反撃する。

「私達が主従の契約を結んだのは、ネプティスの旧王家だけだ。私も父同様、ブラーナの出頭命令に従うつもりはない」

王都マリディに総督府《そうとくふ》を敷いて以来、ブラーナ側はさいさんアハラムの民にマリディへの参内《さんだい》を命じていた。しかし父は従わず、ラフィニアも父の遺志《いし》を踏襲《とうしゅう》している。

「いくらなんでも、もう少し穏当《おんとう》にあたれ。あいつらが下手に出ているうちに、話をまとめたほうがいい」

訳知り顔で言われて、ラフィニアはかっとする。相手が父であれば、サライは意見などできなかっただろう。そう思うと余計に自尊心が傷つけられる。

文句を言おうとしたラフィニアの脇を、手綱《たづな》を持ったナティールがすり抜けていった。

「おい、どこに行く？」

サライへの怒りも忘れて、あわててラフィニアはナティールを追いかけた。もちろん馬をひいたまま、そんなに早く進めるわけもなく、すぐに追いついた。

「お前、ノファの家がどこだかわかっているのか？」

「いや……、でも話が長くなりそうだから」

歯切れ悪くナティールは言った。

「別に、これ以上話すことなんてないさ。あいつに言うべきことは全部言った」

「だけどむこうは納得していないから、議論になるんだろう？」

思いもかけぬことを言われ、ラフィニアはぽかんとする。

（議論？）

そんなこと、考えたこともなかった。

だって長である父がきめたことだ。黙って従って、とうぜんではないか。唯一無二のものに賛成も反対も、正しいも正しくないもないものだ。とうぜん議論の余地もない。

（……ない、はずだ）

戸惑い立ちすくむラフィニアに、ナティールが訝しげな顔をしたときだ。

「あの……」

呼びかけられ振りかえると、少し先に十を越したぐらいの少年が立っていた。ラフィニアは彼の姿に見覚えがあった。

「ノファの家で雇われている者だ」

ラフィニアの説明にナティールは、ああとうなずいた。少年は遠慮《えんりょ》がちに尋《たず》ねた。

「ナティールさんですか？」

「うん」

少年はぱっと顔を輝かせた。

「やっぱり。リジエラ様にそっくりだから、そうじゃないかと思ったんだ」

「リジエラに、会ったことがあるの？」

ナティールは尋ねた。ラフィニアとはぶっきらぼうに話していたくせに、あきらかに年下の少年にはずいぶんと優しげだ。

「だんな様の取引についていったとき、一度だけです。でも、あんな綺麗《きれい》な人を忘れるわけありません」

興奮した少年とは対照的に、ナティールは複雑な顔をした。そっくりと言われたすぐあとでは同意もできないだろう。

「だんな様に言われて迎えにきました。ご案内しますので馬をお預かりします。先に厩舎《きゅうしゃ》まで連れていきますから」

「大丈夫だよ。自分でできるから」

少年が片方の脇に抱えた杖《つえ》を、ちらりと見やりナティールは言った。実はこの少年の右足は、左足よりずいぶんと動きが悪かった。生まれつきだというから、ラフィニアが覚えているかぎり、少年はずっと杖をついていたことになる。右足が不自由な人間は左腕で杖をつくのだと、彼を見てはじめて知った。

戦いに参加できない男には、誰も興味を示さない。両親もすでになく、村の中ではっきりと捨て置かれた存在のこの少年を、ノファは老妻に代わり、家の中の細々したことをさせるために引き取ったのだと聞いた。

ナティールの言葉に、少年はふいをつかれたように目を丸くする。

「だ、大丈夫です。僕、できます」

「できるだろうけど、危ない」

少年の顔が羞恥《しゅうち》に歪《ゆが》む。たまらずラフィニアは、小声で口をはさんだ。

「それ以上言うな。こいつができる数少ない仕事を取りあげる気か？」

ナティールは心外だという顔で、紅玉の瞳を少し険しくさせた。なにか言いかけたのをラフィニアはさえぎった。

「あの足では狩りも牧畜も無理だ。だが仕事をしなきゃ、人間は生きていけないんだぞ」

ぴしゃりと言われ、ナティールは押し黙った。端整な面差《おもざ》しにはあきらかに不服の色が浮かんでいたが、無視してラフィニアは話題を変えた。

「お前、しばらく滞在するのか？」

ナティールはぱちくりと瞬きをした。

ややおいて、彼は口を開いた。

「たぶん……」

「たぶん？」

「まだ、わからないけど……」

別人のように歯切れの悪い物言いに、ラフィニアは訝《いぶか》しげな顔になる。だが引受人がはっきりしている相手を、あまり詮索《せんさく》するのもためらわれる。ブラーナ総督府が立ち入るようになって以来、よそ者の出入りにはぴりぴりとしているところなのだが、あまり神経質になったところも見せたくない。

「そうか。招かれざる者以外、客人は歓迎するのがアハラムの民のならわしだ。ゆっくりとしていってくれ」


ところがそうゆっくりもできないのが、アハラムの村の現実だった。

ラフィニアを訪ねてきて空振《からぶ》りに終わった総督府の視察団が、今度は人員を倍増してやってくるという連絡が入ったのは、それから三日後のことだった。

集会所を兼ねた自宅で報告を受けたラフィニアは、敷き物を蹴《け》り飛ばさんばかりの勢いで立ち上がった。

「村中の男を総動員しろ！　あいつらを一歩だって中に入れるな」

「無茶を言うな。この村の男だけで、総督府の軍に太刀《たち》打ちできるわけがないだろ！」

素早く反論したサライを、ラフィニアは険しい顔でにらみつけた。

そんなことはわかっている。王都マリディでさえ、数日で陥落《かんらく》させたブラーナ軍だ。その気になればこの村など、二時間足らずで滅ぼしてしまうにちがいない。牧畜という性質上、支配する土地は広いが、居住する民はいまや小さな集落程度の人数でしかない。

だけど素直に受け入れるなど、できるわけがない。反抗する姿勢だけでも見せるべきだと、ラフィニアは思う。

「俺はごめんだ。たとえ先代の意向でも、犬死にするつもりはない。国王のように、衆人《しゅうじん》の面前で首を落とされるのはまっぴらだ」

きっぱりとしたサライの言葉に、ラフィニアは怒りに目をむく。サライの言うこともも っともだと感じながら、父のときにはそんなこと一言も言わなかったと思うと、腸《はらわた》が煮えくりかえりそうだった。

もちろんここで長《おさ》の権利を使って、彼を罰することもできた。だけどこんな状況で内輪もめを起こすことは得策ではない。

「好きにしろ！　勇気と誇りのある者だけ、私についてこい」

最大の矜持《きょうじ》をくすぐると、その場にいた者達はたがいに目配せをし、渋々ながらも大方の者が立ちあがった。内心でラフィニアは胸をなでおろした。

集会所を出るときには、伝令を受けた村の男達が多数集まっていた。しかしサライを含め、数名の者の姿が見えなかった。

ラフィニアは愕然《がくぜん》とした。あれだけ断固として言ったのだから、サライがいないことは覚悟していた。しかし追従《ついじゅう》する者がいようとは思ってもみなかった。

「全員に連絡はいったのか！」

「あ〜」

声を荒げたラフィニアに、言いにくそうに一人の少年が言葉を濁《にご》す。

「その……ノファのところには、たぶん連絡が行っていないかと」

老齢のノファに兵役《へいえき》の義務はない。彼が言ったのは、杖《つえ》をついたあの少年のことだ。

ラフィニアは気難しい面持《おもも》ちになる。

あの足では、戦士としては役にたたない。だが、自分たちは実際に戦おうと思っているわけではない。敵《かな》うわけがないことぐらい、サライに指摘されなくてもわかっている。これは一丸《いちがん》となって総督府の介入《かいにゅう》に抵抗する。そんな意志表示のための集結なのだ。

歯噛《はが》みしながら、ラフィニアは考えた。

そうだ。たとえ戦えなくても、アハラムの男であれば参加するべきなのだ。

「わかった。あいつのところに行こう」

門のほうにむけていた足をかえし、ラフィニアはノファの家があるほうをむいた。

ノファの家に行くと、玄関前の庭地に少年が座りこんでいた。杖を脇に置き、灌木《かんぼく》の枝につるした大ぶりの瓢箪《ひょうたん》をしきりにゆすってバター作りに勤《いそ》しんでいる。声をかけるより先に気配に気がついたのか、少年は顔をあげる。男達を引き連れたラフィニアの姿に、驚きと怯《おび》えが入り混じったような顔をする。

「あいつらを迎え討《う》つ。アハラムの男ならお前もこい」

少年は仰天《ぎょうてん》していた。これまで役に立たないとはじめから無視されていたのだから、あたり前の反応だろう。

「だ、だけど僕は……」

「ごたくはいい。今まで免除していたが、今回は事情がちがう。さっさと来い」

免除というより無視していただけだ。それなのに自分の都合で勝手なことを。そんな後ろめたさを、強気な言葉でふりはらう。

「狩りも牧畜もできない人間を、戦わせるのか？」

奥のほうから聞こえてきた声に、ラフィニアは顔をむけた。

開け放たれた扉から出てきたのは、ナティールだった。三日前に会ったときと同じ白のガラベーヤを、帯も外衣もなく着ている。足は素足のままだ。しめつける部分のないゆとりのある衣装《いしょう》は、陽の光の下で、彼の華奢《きゃしゃ》な身体をかえって際立《きわだ》たせていた。

「誰だ、あいつ？」

「あの肌の色は、よそ者だよな」

背後で聞こえるひそひそ声を無視して、ラフィニアはナティールをにらみつけた。

正直、痛いところを衝《つ》かれていた。だからこそ気がつかないふりを装った。

「できる、できないじゃない。義務だ」

「正気で言っているのか？　お前の言っていることは、この間とはあきらかに矛盾《むじゅん》しているぞ。彼ができる数少ない仕事を取り上げるな、と俺に言ったのはお前だろう？　長《おさ》として彼を保護する義務があるから、あんなことを言ったんじゃないのか？」

ラフィニアは言葉をつまらせる。先ほどの言葉など問題にならないくらいの痛さだ。

「お前になにがわかる！」

怒りからラフィニアは、理屈の通らない言葉で怒鳴《どな》りつけた。

しかしナティールは冷静だった。

「わかるわけがないだろ。言ったはずだ。お前の言葉は矛盾しているって」

後ろでみながざわつきだした。長であるということだけではなく、剣も弓も男より断然優れたラフィニアを、面とむかって批判する者などそういなかった。

「力のない者を保護するのが長だろう」

決定的な言葉に、ラフィニアの頭に血がのぼった。気がついたら拳《こぶし》をにぎりしめ、ナティールに殴《なぐ》りかかっていた。

だが――――。

素早く身体をかわされ、手首を強く握られた。あっ、と思うより先に、その勢いのまま軽々と投げ飛ばされていた。背中に強い衝撃があったが、無意識のうちに受け身の体勢を取れたようで痛みはさほどではなかった。

なにが起こったのかわからないでいる隙《すき》に、仰向《おあむ》いた身体にナティールが乗りかかってきた。動きを封じようとしたのか、彼は左手でラフィニアの胸を押さえつけた。

次の瞬間、ナティールはびっくりしたように手を離した。というよりも身体をのけぞらせた、と言ったほうがよかった。

ほとんど反射的に、ラフィニアはナティールの頬《ほお》を張っていた。それは彼女の本来の力からすれば、たいした衝撃ではなかったのだが、ナティールは目の前でなにかを破裂させられたようにぼう然としていた。だが頬の痛みを感じている気配はない。

一発殴っておいてなんだが、ここでさらに攻撃することはあまりにも卑怯《ひきょう》に思えて、ラフィニアも苦虫《にがむし》をかんだような顔でじっとしていた。

なんとも気まずい空気と沈黙がつづき、ようやくナティールが口を開いた。

「……お、お前、女だったのか？」

「だったら、どうした！」

恥ずかしいやら気まずいやら、そのうえ相手が驚いたすきに殴ってしまったことにたいし、後ろめたさを感じていたラフィニアは、馬乗りになったまま、ぼう然と自分を見下ろすナティールを怒鳴りつけた。

「さっさと降りろ！」

本当に殴りあいをするつもりなら、こんな言葉は絶対に出てこないし、相手も従うわけがないのだが、ナティールはあわてて降りた。

たがいを見ないように立ち上がり、二人は同時に衣服の泥をはらった。気まずい空気が二人の間だけではなく、あたり一面にただよっていた。

みなの視線が痛かった。こちらから攻撃をしかけておいて、あっさりとやりかえされたのだ。みっともなさすぎる。そのうえ胸を触られたことで、あんな感情的な姿をさらしてしまった。日頃男と同じようにふるまっていたというのに、これでは台無しだ。

胸を触られようと裸を見られようと、動じなければよかったのだ。だけど心のざわつきといらだちが抑えられない。

こんな調子では、いまさら勇んで総督府を迎え討つと言っても、通じないだろう。

「総出で迎え討つのは止めだ。総督府の連中が来たら、ひとまず話をきく」

声を上擦《うわず》らせて叫ぶと、ナティールはそれまでの気まずげな表情を少し険しくさせた。

「総督府？」

「そうだ。先日の倍の人数でこちらにむかっているそうだ。まったく迷惑な話だ」

わざわざ応対している自分を不思議に思いながら、ラフィニアは答えた。

しかしナティールからはなんの反応もなかった。彼は気難しい顔でうつむくと、くるりと踵《きびす》をかえし、奥に引っこんでしまった。


それから二時間程してから、総督府の使いがやってきた。集会所兼、長の邸《やしき》を訪れた一行は、倍の人数というには少し大袈裟《おおげさ》だったが、それでもいつもの使節団より充分に多かった。もちろん全員を入れることなどできないから、半数以上は建物の外で待たせていた。

とび色の髪に白い肌をしたブラーナ人の使者が読みあげた、パピルスに記された文言《もんごん》にラフィニアは愕然《がくぜん》とした。

「水道工事だと……」

「国王陛下の命令だ。このたびマリディで行うことになった工事に、十六歳以上の男はすべて参加を義務づける。なお……」

「ふざけるな！　そんな一方的な話を承諾《しょうだく》できるか」

最後まで聞かず、ラフィニアは怒鳴りつけた。しかし、彼女のこんな対応に慣れたブラーナ人はひょうひょうとしたものだった。

「話は最後まで聞くものだ。もちろん相応の賃金は払う。居住区は用意するし、家族の同行も許可する。どうせ工事は数年に及ぶにちがいないからな」

「その間に、この土地の灌漑《かんがい》工事を行うつもりか？」

声を低くしてラフィニアは言った。

使者の男は眉《まゆ》をぴくりと動かした。

黒ネプ川を利用して灌漑工事を行い、このあたりに大規模な農耕地を造る計画が練《ね》られているという話を父から聞いたのは、一年以上前のことだった。

以前はややおざなりだった参内《さんだい》要請が、近頃やけに頻繁《ひんぱん》になっていた理由に合点《がてん》がいった。じわじわと追いつめながら、最終的に土地の明け渡しを狙っているにちがいない。

使者は軽く咳払《せきばら》いをした。

「それとこれは関係がない。われわれがお前達に求めているものは、ネプティスの民としての責務だ」

「アハラムの民が契約を結んだのは、紅玉《こうぎょく》の瞳の王だけだ。白い肌のブラーナ人でも、彼らが仕立て上げた王でもない」

きっぱりと言うと、使者は忌々《いまいま》しげに舌を鳴らした。しかしこうなってはどう説得、もしくは脅《おど》したところで、ラフィニアはますます意固地《いこじ》になるだけだと知っているのか、存外にあっさりと立ち上がった。

「伝えることは伝えた。返事には十日の猶予《ゆうよ》をやろう。われわれもできるのなら事を荒立てたくないからな」

曖昧《あいまい》な脅《おど》し文句を残して、使者は立ち去っていった。

「次が最後通告だな」

同席していたうちの一人がつぶやいた。

サライを始め、総督府を迎え討《う》つという言葉に賛同しなかった者達は、この場に呼ばれていない。だから今ここにいる者は、自分に賛成してくれていると思っていたのだが。

「悪いが、俺はマリディに行く。女房子供の住居まで用意してくれているのなら言うことなしだ」

断固とした一人の言葉に、数人の男達が勇気づけられたように同意し始めた。

「牧畜での生活は不安定すぎる」

「どのみち総督府が灌漑工事を始めたら、追い出されるに決まっているからな」

あっという間に数名が賛同する。ラフィニアはぼう然と彼らを見つめた。

古《いにしえ》よりアハラムの民は、この草原で生きてきた。それは王家にさえ存在を認めさせた証《あかし》であり、この草原はアハラムの民の誇りだった。その土地を不当に奪われるかもしれないというのに、こんな反応が出てくるなんて信じられない。これならば迎え討つことに反対した者達のほうが理解できる。

父であれば、こんな発言はけしてさせなかっただろう。逆に言えばそれは、ラフィニアは長として、彼らに認められていないということなのだ。長の唯一の子供ということで、女でありながら子供の頃から長の地位を約束されていたが、内心ではみな反発、もしくは白けていたのだろうか？

そのうえ先刻、あんな醜態《しゅうたい》をさらしたばかりだ。自分から飛びかかっておきながら放り投げられて、あげくあんな醜態をさらせば、みなの信頼を失ってもしかたがない。

「わかった。あとで話しあおう」

集まっていた男達は目を丸くした。考えてみれば〝話しあおう〟などと口にしたことははじめてのような気がする。そういえば出会ったあの日、ナティールに〝議論〟という言葉を使われて驚いたのだ。

いらいらしたまま外に出ようとしたラフィニアの背後から、追いかけるように誰かの声が聞こえた。

「義理立てしてもしかたがない。俺達が契約を結んだ紅玉の瞳の王はもういないんだ。守ってくれる王家は、もうないんだぞ！」

その言葉に反論するより先に、扉に手をかけたままラフィニアは立ちどまった。

少し先にナティールが立っていたのだ。

「総督府のやつらは、もう帰ったのか？」

抑揚《よくよう》のない物言いに、身体《からだ》が熱くなる。殴った右手と押さえつけられた胸に火がついたようだ。

「だからなんだ。決着をつけにきたのか？」

怒鳴りつけるように言うと、ナティールは紅玉の瞳を丸くした。さきほどと同じ白の衣を着ていたが、今度は砂色の帯を巻いている。

「俺は女を相手に戦う趣味はない」

事もなげに言われ、頭に血が昇った。

「女扱いするな！　私はここの長だ。あのままでは他の者に示しがつかない。あのときの決着をつけろ」

一息に叫ぶと、気圧《けお》されたのかナティールはしばしぽかんとしていた。やがて小さく息をつき、気を取り直したように言った。

「自分の都合だけで物を言うな」

きっぱりとした言葉に、ラフィニアは少しばかり動じた。

「お前は俺に勝てば〝誇り〟を取り戻せるだろうが、男の俺は女のお前に勝っても〝恥《はじ》〟になるだけだ。決闘を申しこむ権利はお前のものだが、断る権利は俺のものだ」

理路整然と言われて、ラフィニアは反撃の言葉を失う。しかし――――。

「誇りなんて、なんの役にもたたない」

ぼそりとつぶやかれたナティールの言葉にふたたび気色《けしき》ばんだ。

「貴様《きさま》、もう一度言ってみろ！」

失言だと思ったのか、ナティールははっとしたように口元を押さえた。つめよろうとしたラフィニアだったが、ナティールの背後から近づいてきた人影に足を止めた。

馬上の人物は、さきほど帰ったはずの総督府の男だった。

表情を強張《こわば》らせるラフィニアに、ナティールは怪訝《けげん》な顔のまま後ろをむく。同時に馬上からナティールを見下ろした男は、軽く目を見開いた。特徴的な色の瞳もだが、この秀麗《しゅうれい》な容姿に目を奪われない者はいないだろう。

「ご無礼を……」

急いで顔を伏せ、くぐもったような声でナティールは言った。マリディィに住んでいた者なら、総督府《そうとくふ》の人間には恐縮するだろう。

そこで、ふとラフィニアは思いついた。

（こいつ、どこから来たんだ？）

ノファを訪ねてきたことから、単純にマリディィから来たのだろうと思っていたが、考えてみればそんなことは一言も言っていない。というより名前以外、自分のことをなにひとつ話していないのだ。

「言うのを忘れていた。われわれは数日、東の宿営地に留まることにした。先に申し述べたいことがあれば伝えにこい」

言いたいことだけ言うと、馬から降りもせず男は戻っていった。歯がゆい思いで後ろ姿を見送りながら、ラフィニアはうつむいたままのナティールに目をむけた。

「お前……」

「え？」

顔をあげたナティールの表情に、ラフィニアはどきりとした。いつもは凛《りん》とした気の強さが前面に出た顔に、深い翳《かげ》りが浮かんでいた。それがあまりにも自然な面差《おもざ》しだったから、別人というより仮面の下にあった素顔が出たような印象を受けてしまったのだ。

おかげでさっきまで意気込んでいた気持ちが、急に萎《な》えてしまった。

「お前、マリディから来たのか？」

「……住んでいたことはある。でも、何度か転居したから」

「そうか。だが、住んでいたんだな？」

ナティールはうなずいた。

「頼みがある」

ナティールは目を丸くした。先刻までの会話の流れから、よもやこんな穏当《おんとう》な言葉が出てくるとは思ってもいなかったのだろう。

警戒、というより薄気味悪いような顔でナティールは言った。

「なんだ？」

「私に、マリディの話を聞かせて欲しい」

ナティールが訪ねてきたのは、夕餉《ゆうげ》も終わり、いつもならそろそろ床《とこ》に就《つ》く頃だった。もちろん彼が訪ねてくることはわかっていたので、ラフィニアは起きて待っていた。

唯一の同居人である婆《ばあ》やに案内されて、居間に入ってきたナティールは、いろりで焚《た》かれている火に目をとめた。

「なんだ、この匂《にお》い」

独特の香りは、いろりにくべられた片手鍋《かたてなべ》から生じているものだった。ラフィニアは鍋を持ち上げ、二つある木製の杯《はい》にそそいだ。

「コーヒーだ」

ナティールは怪訝《けげん》な顔をする。

「コーヒーは木の実だろう？」

「私達はコーヒーの種の煮汁を飲むんだ。もちろんお前達のように、赤い実のまま食べたりもするが、このほうが眠気覚ましには効果的だ」

そう言ってラフィニアは、立ったままのナティールに杯を差しだした。ナティールは杯を持ったまま、ラフィニアのはすむかいに腰をおろした。

真っ黒な液体を用心深く眺めるナティールに、ラフィニアは肩をすくめた。

「別に毒なんか入っていない。子供が飲むには苦いかもしれないけどな」

からかうように言うと、ナティールはあからさまにむっとした顔をした。ラフィニアは苦笑いをする。困ったことに、昼間のあの翳《かげ》りを浮かべた顔を見て以来、憐《あわ》れみというか儚《はかな》げな印象を抱くようになってしまったのだ。

おかげでこれまでのような敵意を持つことができず、すっかり調子が狂ってしまう。

「お前、年いくつだ？」

「十五」

コーヒーをすすったナティールは、なんとも複雑な顔をした。初めて口にする者には、苦味の奥の独特の風味を味わうことは難しいだろう。飲みなれてくると病みつきになる者が多数なのだが。

「ひとつ下か。それでいくつまでマリディに住んでいたんだ？」

「……十二」

そこでナティールはひょいと顔をあげた。

「俺にマリディのことを訊こうとしても無駄《むだ》だ。たしかに十二歳まで暮らしたけど、ほとんど外には出なかったから……」

歯切れの悪い言葉に、ラフィニアはあっけに取られる。

「お前、病弱だったのか？」

「そういうわけじゃないけど……」

「じゃあ、どれだけ箱入りだったんだ？」

あきれかえったように言うと、ナティールは杯のうえに顔を伏せた。

「……好きで箱入りだったわけじゃない」

苦しげな口調にラフィニアはいささかたじろいだ。冗談のつもりで言ったのに、深刻な反応をされたことにあわてってしまう。

「わかった。嫌なことを聞いたのならすまなかった」

その先の言葉を防ぐように言うと、ナティールは杯の上で伏せた顔を横にふった。

「俺のほうこそ。役に立てなくて……」

そこでナティールはようやく顔をあげた。

「お前はこの村のために、マリディの情報が欲しかったんだろう？」

ラフィニアは不意を衝《つ》かれたように目を丸くした。

「どうして？」

「お前が自分を長《おさ》だと言うのなら、あたり前のことだ」

先ほどの弱気はどこに行ったのかと思うほど、きっぱりとナティールは言った。しかしその言葉は、いまのラフィニアにとって励《はげ》ましにはならなかった。

「………だけど私は、父のようにみなを納得させることができない」

絞《しぼ》りだすように言ったあと、なぜこんな年下の、しかもよそ者の少年に弱音など吐いているのだろうと不思議に思った。

短い沈黙のあと、ナティールは口を開く。

「先に言っておく。俺はお前の父親の悪口を言うつもりは毛頭《もうとう》ない」

とうとつな言葉に、ラフィニアは怒るより首を傾《かし》げる。ナティールは用心深くつづけた。

「それは、誰も逆らえなかったからじゃないのか？」

「………」

想像もしなかった言葉に、ラフィニアは息をつめる。いろりを挟んで二人は見つめあった。

コーヒーを薄めるために用意した湯が、鍋の中で音をたてていた。

「私には……」

そこで一度言葉がつまる。ラフィニアはこくりと唾《つば》をのみ、ゆるく首を横にふった。

「私にはわからない」

「だったら考えるか調べるかしろ。みなが納得したのではなく、お前の父に威圧《いあつ》されていたのだとしたら、対等にやりあえるお前のほうが長として好ましい」

なにも言えないでいるラフィニアに、おもむろにナティールは問いかけた。

「マリディ陥落《かんらく》の要因を知っているか？」

「え、そりゃあ、ブラーナの圧倒的な軍事力で……」

ブラーナ皇帝の弟、クレイオス皇子率《ひき》いる軍がネプティス王国に侵攻してきたのは十一年前のことだ。アハラムにはマリディ陥落の詳細は伝わっていないが、黄金の髪に白い肌をした皇族将軍は、悪鬼《あっき》のような勢いでネプティス軍を駆逐《くちく》したという話だった。

「まあ、そのとおりだけど……国の歴史はネプティスのほうが断然古いのに、どうしてそんなに差がついたと思う？」

「え？」

「というより、ブラーナが建国されてから今日までの二百年、ネプティスはなにをやっていたんだろうな」

ラフィニアに、というより、自らに問いかけるようにナティールはつぶやいた。

なんだか難しい話になってきたな。そう思いながらもラフィニアは、必死で考えをめぐらせた。ナティールの問いが、自分にとってひどく大切なことのように思えたからだ。

こめかみに指をあてつつ考えたあと、ラフィニアはひとつの糸口を見つけた。

「お前がさっき私に言ったように、考えたり調べたりしなかったからじゃないのか？」

口にして、もやもやしていた頭の中が瞬くまに整頓《せいとん》されるのを自覚した。糸口を引きよせることで、すべるような勢いでラフィニアは言葉をつむぎだした。

「つまり自国の能力に疑いを持たず、それはひょっとしたら、他国の能力を知らなかったからかもしれない。いや、知ろうとしなかったから……考えたり悩んだりしなくて、気がついたら、他の国に後《おく》れをとっていた」

一気に言い終えてしまうと、ラフィニアは小さく息をついた。そうなのかもしれない。これまで強い父のようになりたいと願っていた。しかしそれは相手を威圧《いあつ》することではない。それにもっと強い相手が出てくれれば、強さなど意味をなくしてしまう。

「俺が聞いた話もそんなところだった」

低くつぶやくと、ナティールは平然とした顔でコーヒーをすすった。さきほどの苦味に動じた表情はもはや見受けられない。

大きな瞳と華奢《きゃしゃ》な身体つきのせいで、年齢より幼く見えるナティールが、ひどく大人びたようにラフィニアの目に映った。

「もっともブラーナ人の話だから、三割増しぐらい誇張されていると思うけど」

どこか自嘲《じちょう》気味なナティールの言葉に、ラフィニアは首を傾《かし》げた。

「聞いたって……、お前ブラーナ人とそんな話をするぐらい親しくしていたのか？」

「俺はブラーナ人に育てられたようなものだから」

ラフィニアは軽く目を見開いた。

ネプティス人でありながらブラーナ人に育てられたという環境が、なにを意味するのかまったく見当がつかなかった。

親など見たこともない。王都に住んでいながら、ほとんど外には出なかった。あれらの言葉となにか関係があるのだろうか？

「お前、何者なんだ？」

思いついたら単刀直入《たんとうちょくにゅう》に尋ねていた。ナティールは杯にむけていた顔を、また上向かせた。

その表情にラフィニアは胸をつかれた。

また仮面がはがれていた。凛《りん》として強気な表情は消えうせ、ちょっとでもつついたら壊れてしまいそうなほどに張りつめた顔。

「わ、悪かった。余計なことを……」

こみあげる罪悪感に、自分でも驚くほどあわてていた。いろりの縁《へり》に手をかけて身を乗りだした……つもりだった。しかし目測がはずれ、両の手は虚《むな》しく空を切った。

「危ない！」

いろりにつんのめりかけたラフィニアの身体を、はすむかいから伸ばされたナティールの手が受けとめた。ラフィニアはそのままナティールの腕の中に倒れこむ。

いろりを跨《また》いだ形で抱きとめられた瞬間、時間が止まった気がした。

「危なかったな。大火傷《おおやけど》するところだった」

短い沈黙のあと、息を吹きかえすようにナティールは言った。しかしラフィニアはとっさに返事をすることができなかった。頭の上でナティールの息遣いを感じる。ゆっくりとラフィニアの身体を押し戻すと、顔をのぞきこむようにしてナティールは尋《たず》ねた。

「怪我《けが》はないか？」

「……あ、ああ」

ようやく口をきいたラフィニアに、ナティールは表情を緩《ゆる》ませた。自然とこぼれた微笑にどきりとする。考えてみれば、笑った顔なんてはじめて見た。

「は、腹、減っていないか？」

とうとつな言葉にナティールはきょとんとなる。返事も待たずラフィニアは、湯の沸いた鍋をいろりからおろし、壁にかけた別の鍋を火にかけた。

「おい、空焚《からだ》きは危ないぞ」

「これから入れる」

ラフィニアは脇に置いた麻袋を取りあげた。

マリディの話をじっくり聞くつもりだったので、夜食用に用意していたものだった。眠気覚ましのコーヒーもそのためだった。

「なにを作るんだ？」

袋の中の玉蜀黍《とうもろこし》の粒を鍋底に撒《ま》き、バターと塩を少し入れて蓋《ふた》をした。

「まあ、見てろ」

時間を置かずして、鍋の中で激しい音が鳴りはじめた。

「な、なんだ？　これ」

ナティールは目を丸くし、あろうことが蓋に手を伸ばした。

「馬鹿、開けるな！」

止めたときは手遅れだった。

鍋の中の玉蜀黍は、大きな音をあげていっせいにあたりに弾けとんだ。白い柔らかい粒も勢いがついて当たるとけっこう痛い。

見るとナティールは蓋を持ったまま、ぼう然としている。顔や首に弾けた玉蜀黍が当たっていたが、驚きのほうが先で、痛いと思う余裕もなさそうだ。

「なにをしているんだ。さっさと蓋《ふた》をしろ」

ラフィニアの声に、ナティールはわれにかえったように蓋をする。それでようやく事態は収まったのだが――。

「おい、掃除《そうじ》が大変だぞ」

皮肉っぽく言うと、ナティールはきょろきょろと室内を見回した。部屋中に散らばった白く膨れ上がった玉蜀黍《とうもろこし》に、恐縮して肩をすくめる姿がやけに子供っぽくて、ラフィニアは声をあげて笑った。

「まあ、いいさ。食べてみろよ」

いろりの縁に飛んでいた玉蜀黍をつまみあげ突きだすと、ナティールはおそるおそる手を伸ばして受け取った。両手に山盛りになった玉蜀黍を物珍しそうに眺めながら、彼は紅玉《こうぎょく》の瞳を子供のように輝かせて言った。

「玉蜀黍がこんなふうになるなんて、知らなかった」


翌々日、ラフィニアはみなを集会所に集めた。もちろん先日総督府《そうとくふ》の連中を迎え討《う》つことを拒否した者達も、水道工事への参加を示唆《しさ》した者達もである。

言い争いをした直後ということもあり、彼らの表情はいちように気まずげだった。ラフィニアも含め、歴代の長《おさ》のこれまでのやり方からして、厳しく叱責《しっせき》されると思っているだろう。

「もう知っていると思うが、ブラーナ総督府が期限を切ってきた。今日もふくめて残りは九日だ」

広げた藁《わら》の上で胡坐《あぐら》をかいた男達は、たがいに目配せしあった。彼らより少し高くなった上座で、片膝を立てて座ったラフィニアは決意をしたように身を乗りだす。

「のらりくらりと断ったところで、言うとおりにならないとすれば、総督府は攻撃をしかけてくるだろう。そうなったらわれわれに太刀打《たちう》ちする術《すべ》はない」

口にするには思いきりが必要だったが、誇りや神の加護だけで戦《いくさ》に勝てると思うほど、ラフィニアも愚《おろ》かではない。

「だからといって、総督府から攻撃を受けないためには、命令に従いマリディに行くだけが唯一の方法ではない。彼らが行う灌漑《かんがい》工事を見越して、農耕をする手だってある。それに水が引かれれば、あたり一帯に牧草を育てることができる。それならいまほど広い土地は必要ない。そこで折りあいをつけることもできるかもしれない」

ナティールと話をしてから、ずっとラフィニアは考えていたのだ。ブラーナ総督府からなにを引きだせるか、を。

考えるか調べるかしろ。そうナティールが言ったから、一日中考えていたのだ。

「私は明日、総督府を訪ねるつもりだ」

ラフィニアの言葉に、男達は驚きに目を見張る。それもそのはずだ。これまでいくら出頭を要請されても足をむけなかったラフィニアが、呼ばれもしないうちに自分から出向くと言っているのだから。

「部族としての返事をする前に、そういう可能性をすべて調べてこようと思う。そのうえで、どうするべきかみなで話しあおう」

熱い口調で語るラフィニアに、集まった男達はしばし無言だった。だがその表情に戸惑いはあっても、反発の色はなかった。

やがておもむろに一人が口を開いた。

「明日、行くのか？」

声の主はサライだった。

「そのつもりだ」

「俺もついていこう」

サライの言葉を皮切りに、その場にいた者たちが口々に同意する。

「俺も行くよ」

「お前一人で行って、足元を見られたりしたらたまらないからな」

たがいを励《はげ》ますように、まるで戦《いくさ》におもむくような士気のあがりようだった。

しばしあっけにとられていたラフィニアだったが、やがて自然と笑みがこぼれてきた。彼らの反応に、ナティールの言うことが正しかったのだと確信した。

絶対的な権威《けんい》を持ち、強引に事を推し進めてきた父のやり方を踏襲《とうしゅう》しようとした。だけど経験も実績もないラフィニアに、そんな方法は最初から無理だったのだ。

——対等にやりあえるお前のほうが、むしろ長として好ましい。

あの言葉を思いだして、ラフィニアは少しばかり面映《おもは》ゆくなる。もちろん父は父で立派な長だったと思うし、尊敬する気持ちは今でも揺るぎない。だけどあのときと今では時代も状況もちがっている。ラフィニアはラフィニアの環境に応じて、長として立ち回らなければならない。そんな単純なことを、ナティールの言葉ではじめて気がついたのだ。

どこかに苦い物を残しながらも、ラフィニアの気持ちは爽快《そうかい》だった。一昨日までの自分に未練はなかった。

「お前はどうしたいんだ？」

ふと思いだしたように、サライが尋《たず》ねた。

ラフィニアはその場にいる者全員を見るかのように、まっすぐと顔をあげた。

「私の希望を言えば、この土地に残りたい。ここは私達の先祖が切り拓《ひら》いてきた、アハラムの民の起源と歩みそのものだ。ここを守ることは私達の誇りを守ることだと思う」

毅然《きぜん》と言い放ったラフィニアは、先日ナティールがこぼした言葉を思いだしていたのだ。

『誇りなんて、なんの役にもたたない』

――これだけは、お前に賛同しかねる。

ところがラフィニアが出向くより先に、総督府の者がふたたび訪ねてきた。

集まってきた村の者達をそれぞれの家に戻し、ラフィニアは彼と二人きりで、いろりを挟んでむかいあった。先日あれほどの大人数でやってきたこの男が、どういうわけか従者を一人従えるだけでやってきたので、こちらも多数でむかえるわけにはいかなくなった。話しあいの内容はあとで報告するということで、村の者には納得してもらった。

昨日みなに提案したこと、そして昨晩考えついた疑問や要求を口にすると、使者は気難しい顔をした。かといって頭から撥《は》ねつけるという感じでもなく、むしろ駆け引きの一環として渋っているような印象も受けた。

（これは、いけるかも……）

はやる気持ちを抑えながら、ラフィニアは慎重に言葉をつむいだ。

「返事がなんであれ、今年の野火《のび》を行うことは許可してもらいたい」

内心では、なぜ彼らから承諾《しょうだく》を得なければならないのか反発しながらも、冷静にラフィニアは言った。使者は疑わしげな眼差《まなざ》しをむける。

「なぜだ？　離れるのならそんなことをする必要はあるまい」

「野火を行わなければ、この時期は草が生えない。この土地に残る者がいるのなら、彼らのために牧草を確保しなければならないからな。十六歳以上の男子がいない家もあるんだ。それに灌漑《かんがい》工事はまだ先の話だろう？」

最後の言葉に若干《じゃっかん》の皮肉をこめて言うと、使者は渋い顔をした。それも計算の上だ。いまさら手のひらを返したように下手に出ても、気味悪がられるだけだ。

皮肉を言ったことでかえって信頼してもらえたのか、あとは穏便に話が進んだ。

幾つかの問いには「後日」という返答だったが、おおむね納得、妥協《だきょう》の余地がありそうな答えをもらうことができた。

（あとは、みながどう受けとめるかだな）

伝えるために、頭の中で返答を復唱していると、おもむろに使者が言った。

「実は、今日来た理由なんだが」

ラフィニアはきょとんとする。移住と参内《さんだい》要請以外の理由があったのか、と意外な気持ちで使者を見る。

「先日、そなたと話していた少年だが……」

「少年？」

ラフィニアは首を傾《かし》げた。ナティールのことだとすぐにわかったが、ここで彼の名前を言うことに本能的な危険を感じて、わざと意味のわからない顔をしたのだ。

「あの者はこの村に住んでいるのか？」

「……ああ、あいつか。いや、彼は商人だ」

とっさにラフィニアは出任せを言った。

一昨晩の様子を思いだせば、ナティールがなんらかの秘密を抱えていることは推察できた。それがなんであるのかまではわからないが、彼にとって触れられたくないであろうことは想像できる。

「商人？」

「なにか心当たりでも？」

「実は……」

そこで使者は声をひそめた。

「三年前に行方《ゆくえ》不明になられたという、前《さき》の王の遺児《いじ》、旧王朝の王子の特徴にぴったりだったので驚いたのだ」

ラフィニアは息をのんだ。

「なんだ、お前ら知らなかったのか？　当時のマリディでは大騒ぎだったというのに」

呆《あき》れたように言われたが、ラフィニアは物を言うことができなかった。

「三年前、誘拐《ゆうかい》の事実を王宮が発表した。身代金《みのしろきん》の要求とか詳しいことは公表されていないが、王子の特徴が大々的に公開され、大規模な捜索が行われたが、いまだ見つからずじまいだ」

ぼう然としていたラフィニアは、軽く瞬きをした。

「誘拐？」

「あたり前だ。十二歳の子供が自分から逃亡するわけがない。それ以前に、王子が王宮から逃亡する理由などなかろう？」

とうぜんという顔で言う使者に、ラフィニアは畳《たた》みかけるように言った。

「……だったら、彼であるはずがないだろう。誘拐されたはずの子供が、一人でのこのこ玉《とう》蜀黍《もろこし》を売りにくるはずがない」

心臓がばくばく鳴っていた。声が上擦《うわず》っていないか、震えていないか不安だった。

そんな馬鹿な、そう必死で自分に言い聞かせる。ナティールがその誘拐された王子であれば、先日顔をあわせたとき、この男に助けを求めていたはずではないか。

だけどナティールはそうしなかった。それどころか、あきらかに警戒していた。まるで見つかることに怯《おび》えているように――。

（……まさか）

ラフィニアはこくりと息をのんだ。

「それもそうだな」

あっさりとした声とともに、使者は立ち上がった。しかしラフィニアは、動揺《どうよう》のあまり彼の顔を見ることができなかった。

「念のため、もう一度彼が来るようなことがあれば声をかけてくれ」

「……心得ておく」

「頼んだぞ」

使者の言葉にラフィニアは、目をそらしたまま無言でうなずいた。

夕暮れになってもいろりの前に座ったままのラフィニアに、遠慮《えんりょ》がちに婆《ばあ》やが来客を告げた。その名を聞くなり、ラフィニアは表に飛びだした。

玄関の扉を開けた先に、ナティールが立っていた。問いただそうとしていたのに、彼の姿を見たとたん、言葉がつまってしまう。

西陽《にしび》が地面に長い影を落としていた。

頭布を深くかぶり、茶色のガラベーヤの上に煉瓦《れんが》色の外衣をまきつけた身体《からだ》を、燃えるような橙《だいだい》の光が照らしだしていた。

馬をひいた姿に、ラフィニアは尋《たず》ねた。

「どこか、行くのか？」

「ここを出ることにした。お前には色々と世話になったから……」

「総督府の手が回りそうだからか？」

ナティールは紅玉《こうぎょく》の瞳を瞬かせた。

やはりそうか。ラフィニアは確信する。

ナティールはすっと視線をそらした。

「どこに行くんだ」

強い口調でラフィニアは言った。

「お前には関係ない」

「不慣れな人間が夜の草原を一人で行くなんて自殺行為だ。豹《ひょう》かハイエナに食われて死にたいのか？」

「…………」

ナティールは軽く唇をかんだ。そんな常識を知らないはずがない。それなのに、それほどの危険を冒さなければならないほど、彼は追いつめられているのだろうか？

「せめて明日にしろ。誰か慣れたやつをつけてやるから」

ほとんど懇願《こんがん》するように言うと、ナティールは首を横にふった。

「──俺がいると、ここに迷惑がかかる」

ラフィニアは自分の無力を痛感した。

きっとナティールは、これまでもそうやって色々な所を転々としてきたのだろう。先の見えない未来と、背後から迫ってくる恐怖に怯《おび》えながら。

「強がるな。行くあてなんかないくせに」

その言葉に、ナティールの頬《ほお》がかっと赤くなった。羞恥《しゅうち》と怒りをまじえたような表情でラフィニアをにらみつける。

心臓をわしづかみにされたような気持ちになり、たまらずなにか言おうとしたときだった。とつぜんナティールは馬に飛びのり、あっけに取られるラフィニアの目の前を駆け抜けていった。

「な！」

叫んだり呼び止めたりするより先に、ラフィニアは厩舎《きゅうしゃ》に駆けこんで、自らも馬にまたがった。手綱《たづな》を握った彼女は、強い口調で叫んだ。

「ふざけるな！　絶対逃がすものか」

燃えるような色の巨大な太陽が、地平線ぎりぎりに浮かんでいた。

斜めからさしてくる、強烈な西陽に目をすがめながら馬を走らせつづけ、ようやくラフィニアはナティールの姿を見つけた。

自棄《やけ》になっていたようでも、やはりナティールは冷静だった。彼は黒ネプ川に沿って草原を進んでいた。もっとも彼が選んだ方向が、南か北かは賭《か》けだったのだが。

灌木《かんぼく》がちらほらと生えるだけの草原も、水の豊富な川辺では少し景色がちがう。背の高い樹木がまばらに生え、黄土色と緑を織《お》り交ぜた大地に、長い影を落としていた。

ナティールはもう馬を駆ることはなく、ゆっくりと進ませている。ラフィニアは手綱《たづな》を器用に操り、蹄《ひづめ》の音を立てないように近づいた。だがさすがに物音がしたのか、もしくは気配がしたのか、一馬身の距離までくるとナティールはくるりとふりかえった。

「人の話は最後まで聞け！」

驚きで目を見張るナティールを、ラフィニアは問答無用《もんどうむよう》で怒鳴《どな》りつけた。

「お前のことを訊《き》かれたら、たまたま立ち寄った商人と言うように、みなには言いわたしてある。今晩はとりあえず村に戻れ」

いくぶん口調を柔らかくして言ったが、ナティールは表情を強張《こわば》らせたままだった。用心深く反応をうかがうラフィニアに、押し殺したような口調でナティールは言った。

「そうやって、一生隠れて生きてゆくのか？」

今度はラフィニアが目を見張った。

ナティールはぷいっと顔をそむけ、手綱を引こうとした。すかさずラフィニアは、自分の馬からナティールの馬の後背に飛び移った。ナティールは馬を駆らせる寸前だったので、あと数秒遅ければ、ラフィニアは地面に身体を打ちつけていただろう。いっぽうでとつぜん手綱を離されたラフィニアの馬は、そのまま村の方向にむかって走っていった。

あまりのことにナティールは、しばしぼう然としていた。その隙《すき》を狙い彼の背後から手を回し、手綱を奪い取る。

「あ、危ないだろ！」

ようやく言葉を取り戻したのか、癇癪玉《かんしゃくだま》を破裂させたようにナティールは怒鳴《どな》った。しかしラフィニアもひるまず怒鳴りかえす。

「お前が私から逃げようとするからだ！」

ぴったりと身をよせ、顔のすぐそばで叫ぶと、ナティールは気圧《けお》されたように静かになった。

「……わかったか」

意気消沈した姿にそれ以上強く出ることもためらわれ、腹立たしげにラフィニアは言う。

「わかったから、もう少し離れてくれ」

消え入るような声に、ラフィニアははっとして顔をむける。見ると西陽に照らされたナティールのうなじや片頬は、うっすらと赤く染まっていた。

ラフィニアは現状を把握《はあく》した。彼女は自分の身体を、ナティールの背中にぴったりと押しつけていたのだ。これでは意識するまいと思っても胸のふくらみが触れてしまう。気がついてラフィニアは、あわてて身体を離したが、狭い馬上では、せいぜい〝ずらす〟ていどでしかなかった。

なんとも気まずい空気のまま、二人で馬に乗っていた。降りるとそのまま逃げられてしまいそうだったから、広大な草原の中を、一頭の馬の背中に二人で乗っていた。

手のひら一枚分の距離を通じて、ナティールの息吹《いぶき》と体温が伝わる。清澄《せいちょう》な空気が立ちこめる草原の中で、そこにだけこもった空気があった。

のぼせあがって酔ってしまいそうだ。

(なにをしているんだ、私は……)

くらくらなりそうな頭を押さえ、心の中で自問する。

「お前の言うとおりだ」

ぽつりとナティールは言った。

ラフィニアはわれにかえり顔をむける。

「俺には行くあてなんてない。どこに行っても誰かに迷惑をかけるだけだから……」

最後は消え入るような声になっていた。

もしもナティールが前王の遺児《いじ》だったとしても、総督府《そうとくふ》の発表通り誘拐《ゆうかい》されていたのなら、こんな言葉が出てくるはずがない。

(やっぱり……)

正体さえはっきりしていない状況ではなんとも言えないが、ナティールが総督府の人間に追われていることだけは事実のようだ。

(こいつは、紅玉の瞳の王なのか?)

ラフィニアはこくりと唾《つば》を飲む。

「お前、私達の村に住まないか?」

気がついたら口にしていた言葉に、ラフィニアも自分で驚いたが、ナティールも驚いた顔でふりかえった。彼はまじまじとラフィニアを見つめた。

「お前、俺の話を聞いていなかったのか?」

軽く咳払《せきばら》いをしたあと、少し余裕を取り戻してナティールは言った。

「迷惑がかかる、という話か?」

「聞いているじゃないか。だったら同情で迂闊《うかつ》なことを言うな。長《おさ》として村の人間を守ることがお前の使命だろう」

毅然《きぜん》とした言葉に、ラフィニアはしばし、あっけにとられる。だが気を取り直して、口を開いた。

「同情じゃない。お前こそ私達を守る義務がある人間じゃないのか?」

ナティールの背中がぴくりと揺れた。

ここまで散々思わせぶりなやり取りをしてきたのだ。ある程度のことはナティールも覚悟していただろう。だが、正面きって問いつめたのはこれが初めてだった。

「なにを馬鹿な……」

言いかけてナティールは、とつぜん川辺とは逆のほうをむいた。訝《いぶか》しげな顔でそちらを見たラフィニアは愕然《がくぜん》とした。

距離にして、三十馬身ぐらい先だろうか。

もはや西陽もわずかになり、紫にわずかに橙《だいだい》を残しただけの空を背景に、岩のような黒い大きな塊《かたまり》が何十と並んでいた。

白い砂埃《すなぼこり》をあげつつも大地を黒く染め、二人を囲むように三方からじわじわと迫ってくる、巨大な角と獅子《しし》の二倍はありそうな大きな体をもつ獣《けもの》——。

「スイギュウだ！」

ラフィニアは臍《ほぞ》を噛《か》んだ。獅子でさえ倒すことを手こずるという獰猛《どうもう》なこの獣が、明け方や日暮れに水を飲みにくることは知っていたのに、これほどの距離になるまで気がつかないでいたなんて。

「まずいな。すっかり囲まれているぞ」

表情を引きつらせたナティールに、ささやくようにラフィニアは言った。些細《ささい》な声でも猛獣を刺激しかねない。

「こいつらは草食だ。私達が狙いじゃない。だけど避けてくれるほど親切じゃない」

「だからと言って、無理に囲いを抜けようとすれば、刺激して襲いかかってくるかもしれない、ということか？」

「よくわかっているな、お前。沙漠《さばく》都市のマリディで育ったくせに」

「感心している場合か」

　声をひそめてナティールは言った。その間にもどすどすと音をたてて、スイギュウの群れは近づいてくる。距離はまだ二十馬身以上ありそうだが、巨大な身体が動くたび、大地の揺れが伝わってくる。薄暗い中でも、あたりに砂埃が舞いあがるのが見える。

「川に逃げるか？」

　唯一囲まれていない背後を見ながら、ナティールは尋《たず》ねた。

「だめだ。川にはワニがいる」

　ラフィニアの物騒な返答に、ナティールは小さく舌を鳴らした。

「あそこの木がわかるか？」

　ナティールは首をそらし、顎《あご》で川辺を示した。紫と紺《こん》をおりまぜた空間を背景に、枝ぶりのよい、比較的背の高い木が生えていた。

「あの高さなら、この馬に乗っていれば飛び移れる。少なくとも動いている馬から馬に飛び移るより簡単だ。一か八か囲いを抜けるから、飛び移れ」

　ラフィニアはごくりと息をのんだ。平静であれば、できないことだとは思わない。ナティールが言うように、動く馬から馬に乗り移るよりよほど簡単だろう。しかし緊張感が天と地ほどにもちがう。そもそも無事に囲いを抜けられるかどうかもわからない。

「それで、お前は？」

「そのまま逃げる」

「馬鹿なっ……」

ラフィニアは大声をあげかけ、あわてて口を閉ざす。重厚な身体《からだ》に似合わず、スイギュウの脚は侮《あなど》れない。一頭ならともかく、これほどの数を撒《ま》くなんて無茶にきまっている。

しかしナティールは、馬の首筋を軽く叩いて言う。

「大丈夫だ。乗せている人間が一人なら、こいつなら逃げきれる」

「だけど……」

「あいつらを撒いたら、必ず戻ってくる。それまで絶対に木から下りるな」

力強い言葉に反論する気を失ってしまう。すっと心に入ってきて、なんの抵抗もなく相手を承知させてしまう物言いだった。

「……わかった」

「よし、しっかりつかまっていろ」

ラフィニアがしがみついたとたん、川とスイギュウの群れのわずかな隙《すき》をねらい、ナティールは馬を走らせた。あんのじょう蹄《ひづめ》の音で刺激してしまったようで、それまで水場だけを目指していたスイギュウが、いっせいにうなりをあげて暴れだした。そのうちの一頭が、砂埃《すなぼこり》がまいあがる中から、二人の行く手に飛びだしてきた。

ぶつかる！　と思った瞬間、ナティールは馬を飛びあがらせた。反射的にラフィニアは、背中にまわした腕に力をこめた。大人の男の背よりも高いスイギュウの身体を飛びこした瞬間は、本当に空を飛んでいる気がした。

「あの木だ！」

ナティールが叫んだ。ラフィニアは迫ってくる木の枝に神経を集中させる。

「いまだ！」

掛け声と同時にラフィニアは腕を伸ばし、目的の枝をつかんだ。しっかりとした手ごたえと同時に、足の下が空になる。腕の力を使い枝によじのぼり、あらためて息をついたとたん、枝の下をスイギュウの群れが駆け抜けていった。

「ナティール！」

愕然《がくぜん》としてラフィニアは叫んだ。

砂埃のむこうにスイギュウの群れを見つめながら、ラフィニアは恐怖と罪悪感で居たたまれない思いになった。

木の陰に隠れてあたりの様子をうかがう。集団で行動するスイギュウだが、群れの全部が自分達を追いかけてきたわけではないようで、川辺では相当の数が水を飲んでいた。

やがてあたりが完全に暗くなると、スイギュウの群れは去っていった。夜のとばりが降り、空には星が輝き始めた。

「ナティール……」

ラフィニアは彼の名前をつぶやいた。

どうしたんだろう？　無事に逃げおおせたのだろうか？　でも逃げることができたのなら、ここに戻ってくるだろうに。

まさか、の不安が脳裏《のうり》をよぎる。

なにかあったのでは？　スイギュウに襲われて怪我《けが》などしていないだろうか？　心配のあまり、木を下りようとしたときだった。

「ラフィニア」

暗闇から聞こえた呼び声に、安堵《あんど》のあまりラフィニアは泣きだしそうになった。

「いるのか？」

「ここだ」

声の震えを抑え、ラフィニアは言った。

「……ずっと待っていたんだぞ」

短い沈黙のあと、ようやくナティールの姿を木の下に見つけた。彼もラフィニアの姿を枝の間に認めたようで、小さく息をついた。

「すまない。思ったよりしつこかった」

力ない声で言うと、ナティールはラフィニアがのっている枝の下まで馬をよせた。月明かりの下で見ると、特に目立った怪我はしていないようだが、さすがに声や表情に疲労の色が濃く出ていた。

「怪我はないか？」

ラフィニアの問いに、ナティールは首を横に振った。おもむろに彼は、馬上から両手を伸ばした。

「？」

「気をつけて下りろ」

そう言われるまで、彼の腕が自分に向けられたものだと気がつかなかった。

ゆっくりとした仕草で、今度は前のほうに乗せられた。手綱《たづな》を取るために自分の背中と彼の身体が触れただけなのに、顔が熱くなる。

瑠璃《るり》色の空に星々がきらめく中、黙ったままゆっくりと馬を進ませていた。スイギュウから逃げるときに相当走らせてしまっただろうからしかたがない。

「お前、怪我はないか？」

いまさらのように訊かれて、ラフィニアは首を緩《ゆる》く横にふった。

「大丈夫」

短く言ったあと、一度息を吐く。

「………お前が助けてくれたから」

「お前じゃなきゃ、あんな手段は取れなかったさ」

思いきって言った言葉を軽く流され、ほっとしたような、つまらないような複雑な気持ちになる。

背中にナティールの体温を感じながら、ラフィニアは次第にゆったりしてくる自分の心を自覚していた。何かに守られているような心地が、張りつめていた心をほぐしてゆく。

挫《くじ》けてはいけない。負けてはいけない。侮《あなど》られてはいけない。父が死んで以来、そんなふうに言い聞かせつづけた心に、ひさしぶり安息を得たような気がした。

年下の少年の腕の中で、自分がこんな気持ちになるなんて考えもしなかった。

この安らぎを手に入れてしまいたい。彼を行かせたくない。自分の村に住まわせることは可能だろうか？　行くあてなどない。そんなふうに言ったナティールに、安住の地を与えることはできないだろうか？　そんなことを本気で考えた。

「結局、総督府《そうとくふ》との件はどうなったんだ」

現実的なナティールの問いに、ラフィニアはわれにかえった。

「灌漑《かんがい》工事を行わせることを前提に、この土地に残る方法を幾つか提案した。田畑を作るつもりなら、どのみち人間は必要だろう」

説明しながらラフィニアは、なにを馬鹿なことを考えていたのかと思った。総督府と妥協《だきょう》し、彼らを受け入れる道を選んだのなら、ナティールをかくまうなどできるわけがない。

それなのに――。

「そうか。よくやったな」

未練もなにもないナティールの言葉が、思いのほか深く胸に突き刺さった。総督府と折りあいをつけたということは、アハラムでのナティールの居場所がなくなったことをさしてもいるのに、彼は単純に喜んでいる。

胸の中に複雑な感情が渦巻《うずま》いた。

「必須《ひっす》の条件として、忠誠の証《あかし》に、私自身がマリディに出向くことがあるがな」

自嘲《じちょう》気味なつぶやきに、ナティールはしばらく無言だった。やがておもむろに口を開く。

「――亡くなったお前の父親も、代々の長《おさ》も納得しているだろう」

「そんな馬鹿なことがあるものか」

かっとしてラフィニアは叫んだ。ナティールは驚いたように手綱をゆらした。

「ラフィニア？」

「アハラムの民は、ずっと昔からここで生活していた。それがネプティス王家との永続的な契約だった。どうして後から来たブラーナの言うことに従わなくてはいけないんだ？」

気持ちを抑えることができない。

あれほど強大だと思っていたネプティス王家を、あっさりと倒したブラーナ軍。圧倒的な力の前には、表向きだけでもひれ伏すしかなかった。

しかたがない。だが心からの忠誠など、けしてしない。これは生きるための選択だと、納得していたはずの心が急に猛《たけ》りだした。

「マリディなんかに行きたくない。ブラーナの傀儡王《かいらいおう》に忠誠を誓《ちか》うなんて、表向きだけでもまっぴらだ。自分達の人生が自分で決められないなんて、こんな馬鹿な話があるか」

興奮でラフィニアは声を震わせた。

マリディに行くことも、自分達で決めた道ならば構わない。

だけどこの選択は、ただの妥協案《だきょうあん》だ。誇りの証であった土地を守るため、誇りを売りわたそうとしている。本末転倒《ほんまつてんとう》だ。父祖の魂《たましい》はどれほど嘆《なげ》いているだろう。

「悔しい……」

つぶやいたとき、背中になにかが触れた。

ナティールが額を押しつけていたのだ。

「……すまない」

ラフィニアは息をつめた。

アハラムの民と紅玉の瞳の王は、古《いにしえ》の時代に主従の契約を結んだ。王はアハラムの民の保護を約束した。

胸が張り裂けそうな勢いで鼓動が速まる。

足の不自由な少年の件で、ナティールとやりあったことを、ラフィニアは思いだした。

(力のない者を保護するのが長だろう)

自分が力ない者だとは思っていない。

だがナティールは、おのれの言葉を実行した。スイギュウの群れから、自分よりもラフィニアを救うことを先に考えた。人の上に立ち、誰かを守る立場にあるから、あんなふうにためらいなく、自分の生命よりラフィニアを救うことを優先させた。

——敵《かな》わない。

清々《すがすが》しいほど、心のそこから思った。

彼は王だ。

私達が契約を結び、忠誠を誓った紅玉の瞳の王はこの少年にちがいない。

「ナティール」

おもむろにラフィニアは言った。

「お前は、この国の王子なんだな」

ナティールはほとんどためらわなかった。

一瞬の間をおいて、押しつけられた額《ひたい》が背中を縦方向にすべった。

やはりそうか。

興奮より納得の思いが強かった。

「ノファはお前の正体を知っているのか？」

「いや、知らないはずだ。ただかくまって欲しいと頼まれているのだから、追われていることは感づいているだろう」

「お前は誘拐《ゆうかい》されたのではなく、自分の意志で王宮を抜けだしたのか？」

「そうだ」

「どうして？」

「耐えられなかったから。彼らの教育……いや、脅迫《きょうはく》に……」

ラフィニアは目を瞬《しばた》かせた。

あわてて振りかえろうとすると。

「こっちをむくな」

強い口調で言われ、身体をびくりと震わせた。背中のむこうでナティールがどんな顔をしているのかと思うと、どぎまぎする。

ナティールはゆっくりと額を離した。冷たい夜気の中で、熱い吐息を背中に感じる。

「俺は……」

ナティールはとつとつと話し始めた。

「ブラーナ人の価値観を持つ王に仕立てあげるため、徹底した教育と管理をされた。ブラーナ人の教師、ブラーナ人の従者や侍女に囲まれて育った。外なんてほとんど出してもらえなかったから、顔をあわせたネプティス人なんて数えるくらいしかいない。マリディの街なんて見たこともない」

絶句するラフィニアにかまわず、ナティールは話をつづける。

「王宮ではことあるごとに、処刑された父を引きあいに脅《おど》された。逆らえばああなる、じゃなくて、逆らわなければああならない、って……、そんなふうに耳元でずっとささやかれてきた」

あまりのことにラフィニアは言葉をなくしていた。

「……だから逃亡した」

しぼりだすようにナティールは言った。

ラフィニアの胸はおおいに震えた。

そんなひどい生活で、どうしてこの性格を保つことができたのか、本当に不思議だ。

だが脅されようが、束縛《そくばく》されようが、それでもナティールは、ずっと反骨の精神を持ちつづけてきたのだ。

誇りなど役にたたない。行く所などない。そんな自嘲《じちょう》気味な言葉を言っても、高貴な心はけして失われていない。誰も彼から奪うことはできない。それはナティールが、王となるべく生まれた人間だからなのだ。

「だけどそれから三年間、ずっと逃げつづけている。もし俺が捕まったら、逃亡に手をかしてくれた人達にも累《るい》が及ぶから……」

ナティールは観念したように話をつづけていたが、ラフィニアの身体《からだ》の前で手綱《たづな》を握る彼の手が小刻みに震えていた。

息をつめ、決意を新たにする。

けしてふりむいてはいけない、と。

「だけど、こんな生活が永遠につづくのかと思うと、なんのために人の手を借りてまで逃亡したのかわからなくなる」

そこでナティールは、ついに大きなため息を落とした。

ラフィニアは黙って唇をかみしめた。

そんな絶望的な生活を送ってきた、そしてこれからも、それがつづくかもしれない相手にかける言葉など思いつくわけがない。

十五歳の少年のため息は、まるで老人のように疲れ果てて聞こえた。もし他の者に累《るい》が及ばなければ、ナティールはとっくに逃亡をやめていたかもしれない。先の見えない未来に絶望して――。

ラフィニアは自分の無力を痛感する。

行くべき方向も、未来への道も示唆《しさ》してあげられないのに、ただ励《はげ》ますだけなどできやしない。

「ナティール……」

低く呼びかけたとき、むこうから誰かがやってくるのが見えた。

総督府の使者かと一瞬身構えたが。

「ラフィニア？」

声はサライのものだった。右手に松明《たいまつ》を持った幼馴染《おさななじ》みの姿に、ラフィニアは胸を撫《な》で下ろした。

「なんだ、お前か」

「ナティールも一緒か？」

「……いるけど」

松明をかざして、ラフィニアの後ろを見ようとしたサライに、どこか気恥ずかしそうにナティールは言った。

「総督府の連中が来ている」

馬上の空気が張りつめた。

胸の下に回された、ナティールの腕がぶるっと震えたように見えた。

「ラフィニアから商人と言うように聞いていたから、みなうまくごまかしている。だから村にいるとは思っていないはずだが、詳しいことを訊きたいと言って、これまで見たこともないえらそうな奴を連れてきている」

えらそうな奴。

おそらくナティールが誘拐《ゆうかい》ではなく、自らの意志で逃亡したと知っている者だろう。

総督府の保護下にある王子が逃げだしたなどと知られたら、現政権への反発を煽《あお》りかねない。真実はごく一部の者にしか知らされていないのだろう。

だからこそナティールはここまで逃げおおせられたのかもしれない。誘拐された王子が自分の村にいるなど、誰も思わない。しかし真実を知る者がいれば正体は一目瞭然《いちもくりょうぜん》だ。この紅玉《こうぎょく》の瞳は逃れようのない証拠だ。

ラフィニアはそっと瞼《まぶた》をふせ、ひとつの決意をした。

「サライ」

「なんだ?」

「その松明《たいまつ》をかしてくれ。そして、できるだけ急いでここを離れるんだ。もう少ししたら戻るから、総督府の連中は待たせておけ」

サライは釈然としない顔をしたが、黙ってうなずいた。商人と偽るように言ったラフィニアの言葉から、ナティールがなにかわけありであることは感づいているのだろう。

サライの後ろ姿が闇のむこうに消えてしまうと、松明を片手に持ったまま、ラフィニアは用心深く馬から降りた。

「ラフィニア？」

訝《いぶか》しげにナティールが呼びかける。

ラフィニアは馬上を見上げた。

「絶望しそうか？」

ナティールは軽く目を見開いた。

かまわずラフィニアは言葉をつづける。

「だがお前の絶望は、同時にこの国の絶望でもある」

無責任も残酷《ざんこく》も承知のうえだった。

ナティールはうっすらと唇を開き、ぼう然とラフィニアを見下ろしている。

「そのまま黙って聞いてくれ」

口を開きかけたナティールに、ラフィニアは言った。

「どうか、自分の宿命を思いだしてくれ」

ナティールはびくりと身体を揺らした。

「お前は私達の王だ。誇りと心を取り戻してくれ」

祈るように思う。

正しい誇りと強い心で、絶望から道を切りひらいてくれ。それはネプティスの、そして私達アハラムの民の希望でもあるのだから。

「ラフィニア……」

「いいか、もう少ししたらここに火を放つ。明朝まで、総督府の連中は村から抜けだせない。その間にできるだけ遠くに逃げるんだ」

「だ、だけど……」

「大丈夫だ。この風向きなら、黒ネプ川で火は止まる。とにかく急いで川を越えろ」

「そうじゃない。俺を逃がしたなんてことが知られたら……」

「大丈夫。私がお前を追いかけていったなんて、総督府の連中は知らされていない。野火《のび》をしに出ていったと思わせる」

「野火……」

出会った日のことを思いだしたのか、ナティールは松明の火をじっと見つめた。

「お前、火は熾《おこ》せるな」

「……馬鹿にしているのか？」

少しむっとしたようなナティールに、ラフィニアは彼が一人でアハラムまで来たことを思いだした。夜の草原が危ないなどと、焦って追いかけた自分に苦笑してしまう。

「箱入りだと言っていたからな」

からかうように笑うと、ラフィニアは松明を持ったまま一歩後じさった。

首をもたげ、まるで崇拝《すうはい》する神像にたいするように馬上のナティールを見上げる。

心の中にわきあがるさまざまな思い。だが感傷的な思いは、力ずくでも振りはらう。

しかしナティールのほうは、まだためらいがちだ。彼はなにか言いたげにラフィニアを見下ろし、おもむろに尋ねた。

「野火を行うことで、大地に新しい芽《め》吹《ぶ》きを促すというのは本当か？」

ラフィニアははっとする。ナティールに出会ったとき、ラフィニアは野火の頃合を考えていた。そして村までの道中、野火を行う意義や理由を説明したのだ。

「新しくじゃない。それまで地下に潜っていた根が起こされるんだ」

ナティールは瞳を瞬かせた。

短い間、二人は黙って見つめあった。

やがてナティールは軽く瞼《まぶた》を伏せた。

しかし彼が迷っていたのは、ほんの一瞬だった。開かれた紅玉の瞳でしっかりと正面を見据え、力強くナティールはうなずいた。

ラフィニアもしっかりうなずきかえす。

「さあ、行け」

空いたほうの手を身体の外側にむけてふると、それが合図のようにナティールは馬を走らせた。

暗闇に彼の姿が呑《の》みこまれていったのを見計らい、ラフィニアは足元に生える草に火をつけた。ちりちりと焦げる音と匂《にお》いとともに、線状の炎は微風にあおられ、ゆっくりと広がり始めた。地面を這《は》うような炎から生まれた白い煙が夜の帳《とばり》の中に立ちあがる。

喉《のど》と目を刺激され、ラフィニアは軽く咳《せ》きこんだ。いい加減離れなくては、煙か炎にまかれてしまう。それがわかっていながら、足はなかなか動いてくれなかった。

「どうぞ、無事で……」

祈るような思いで炎のむこうを見つめる。

煙に涙腺《るいせん》を容赦《ようしゃ》なく刺激され、涙がぼろぼろと零《こぼ》れてしまう。

頬をつたう涙をぬぐいもせず、ラフィニアはつぶやいた。

「私はお前の心に、火をつけることができたか？」


アハラムから王都マリディへの道は、川沿いにつづいている。黒ネプ川は途中で西から流れてくる白ネプ川と合流し、大河ネプとなって王都へ流れこむのだ。

二つの川の合流地点の雄大な景色には驚かされたが、それ以降は川沿いにのどかな農耕地帯がつづくばかりで、都会的なものはなにもなかった。おかげでラフィニアは、王都に入ったことにしばらく気がつかなかった。

しかし市街地に通じる道を馬で進んでいると、ガラベーヤを着たマリディ市民や、頭布をかぶった東方の人間とすれちがった。同じようにのどかでも、アハラムの村ではありえない光景だ。

「本当にマリディまで来たんだな」

「もう、あとひとがんばりだな」

同行していた青年達が、励《はげ》ましあうように言う。長旅で疲れているのは誰でも同じことだった。だがこの調子なら、日が暮れる前に市街地に入れるだろう。

交渉の結果、地元での灌漑《かんがい》工事に協力することと、ラフィニアが王宮に出向くことを条件に、アハラムの民はマリディでの水道工事の賦役《ふえき》を免除され、土地に残ることを許された。派遣されている者が、あまり高い地位についていなかったので、いちいち上層部にうかがいをたてながらの交渉となり、おかげで返答を得るまでに一カ月もかかったことは予想外だったが。

「早合点《はやがてん》かと思ったけど……」

今朝王都に入る前に着替えた服を見下ろしながら、ラフィニアはつぶやいた。

国王に謁見《えっけん》するのに、さすがに男物の衣装《いしょう》は着られない。今日ばかりはラフィニアも、きちんと女物の衣装を着けていた。もっともガラベーヤなどの貫頭衣《かんとうい》を着ることが多いマリディの女性の中では、この衣装がひときわ異彩を放つだろうことに、ラフィニアは気がついていなかったが。

赤を基調とし黄色や緑、茶色などのさまざまな文様が描かれた巨大な布を身体に巻きつけ、一枚の長衣のようにして着る。むきだしになった肩は、肩掛けのように別の布でおおう。日よけのかわりに頭からかぶることもあるが、巻き方に細かい決まりはない。

しかし手首や足首に細い金の輪を幾重にもつけることは、身分や地位を示すために重要な決まりだった。ほかの耳飾りや首飾りなどの装飾品は、謁見のときだけでもかまわない。しかしむこうについてあわただしくするのも嫌なので、今朝《けさ》のうちに化粧《けしょう》も済ませ、装身具もつけてしまっていた。足元は革製のサンダルだ。

「あの、さ……ラフィニア」

おもむろにサライが呼びかけた。

「なんだ？」

「お前さあ、やっぱりそっちの格好のほうがいいよ」

照れくさそうな表情に、意味がわからずきょとんとする。しかし他の者達もいっせいに同意する。

「うん。まさかこんなに様になるとは思わなかった」

「先代の嫁さんはかなり美人だったって、親父《おやじ》から聞いたけど、お前母親似だろうな」

それが女物の衣装のことを指しているのだと、ようやくラフィニアは悟った。

「な、いきなりなにを言っているんだ！　こんなびらびらした格好、総督府に行くんじゃなければ、誰がするか！」

褒《ほ》められたというのに、焦りのあまり怒鳴《どな》りつけてしまった。しかしサライは怒りもせず、それどころか大真面目《おおまじめ》な顔で言う。

「だけど、そっちのほうが貫禄《かんろく》もあるぞ。いい年をした女が男のかっこうをしても、ただのやんちゃ坊主《ぼうず》みたいだからな」

正論に、ラフィニアは反論の言葉を失う。

「なんていうのかな、気品があるよ」

この言葉は決定的だった。火がついたように熱くなった顔を伏せ、ラフィニアは手綱《たづな》を引いた。

「先に行く」

口走るやいなや、みながなにか言うのも聞かず馬を走らせる。恥ずかしくて、その場に留まることができなかった。

この道は市街地につづく一本道だ。迷ったりはぐれたりすることはまずあるまい。それがわかっているから、サライ達も無理に追いかけようとはしてこない。

しばらく進ませてから、ようやくラフィニアは馬の脚を緩《ゆる》めさせた。川沿いの道には強い西陽が差しかかり、ラフィニアの頬にかかる琥珀《こはく》の耳飾りを、まばゆく照らしだした。

「サ、サライのやつ……！」

腹立たしげに独《ひと》りごちる。

ふと前方に人影が過《よぎ》った。馬上から見下ろしたラフィニアは、驚愕《きょうがく》で言葉を失った。

西陽を自身の右手から受け、先に立っていたのはナティールだった。

「ラフィニア？」

頭巾《ずきん》で器用に影を作っているために目立たなくなっているが、信じられないというように見開かれた瞳は、あの紅《べに》色だった。

驚きのあまりうなずくことしかできないラフィニアに、ため息交じりにナティールは言った。

「誰かと思った……」

なぜか今度は、大声を出すことができなかった。ただ恥ずかしいという気持ちは、さきほどの比ではなかった。思わず身をすくめたさいに、手首や足首にかけた金の輪がしゃらしゃらと涼やかな音をたてた。

「……ど、どうしてお前が？」

ようやくラフィニアは、紅を塗った唇を開くことができた。

「お前がマリディに来ると聞いたから……」

「え？」

誰からと言いかけて、すぐにラフィニアは合点《がてん》がいった。新政権になって以来、ずっと出向くことを拒《こば》んでいたアハラムの長《おさ》が、ついに参内《さんだい》するのだ。よくも悪くもマリディでは噂《うわさ》にはなっているだろう。

「じゃあ、お前はマリディにいたのか？」

「ああ、しばらく親戚《しんせき》の家にかくまってもらっていた」

逃亡に手をかしてくれた人間のことだろうか？　まあ考えなくても、誰かのツテがなければ、ノファを頼ってアハラムの地にも来なかっただろうから。

それにしても、総督府のお膝元《ひざもと》のマリディに隠れるなんて、大胆《だいたん》と言うべきか。

「言っただろう。俺には行く場所なんかないって」

以前自嘲《じちょう》気味に言った台詞《せりふ》を、今度は苦笑交じりにナティールは言った。心を読まれたのかと思ってどきりとした。

「だけど、今日でここを離れる。本当はもっと早く出るつもりだったけど、お前が来るって聞いたから」

「私を待っていたのか？」

ナティールはこくりとうなずいた。

「アハラムからマリディに来るのなら、道はここしかないからな」

たしかにここで待っていれば、アハラムからの旅人とはかならず顔をあわせる。だからといって追われている立場を考えれば、こんなところにいるのは危険すぎる。一刻も早くマリディを去るべきだろう、と喉元《のどもと》まで出かかったのだが。

「お前に伝えたいことがある」

真剣な面持《おもも》ちにラフィニアははっとする。

礼を言うためだけに、こんな場所で出迎えたとは思えない。ナティールは義理堅い人間だが、同時に決して愚《おろ》かな人間ではない。

それほどの危険を冒してまで、あえて伝えたかった言葉とは――。

「これから紅砂《こうさ》沙漠に入る」

ネプティスの東、この南方大陸の北部全体にひろがる、巨大な沙漠の名前をナティールは言った。

思いもかけぬ言葉にきょとんとするラフィニアに、ナティールは言葉をつづける。

「沙漠を拠点《きょてん》として、現在の総督府支配にたいして、反政府活動を行っている組織がある。そこに参加してみようと思っている」

大胆な選択のわりに特に高揚《こうよう》したふうもなく、淡々とナティールは語った。

その選択が正しいのかどうか、彼自身がまだわかっていないのだろう。だけどなにかを始めようと、自分の使命を果たそうと、前向きになり始めたナティールの意志がはっきりと伝わった。

ラフィニアは、自分がつけた火の効果を実感し、自然と顔をほころばせた。

「そうか。だがお前は、いつかこの街に戻ってくるのだろう？」

「…………」

紅玉の瞳を見開くナティールに、落ち着いた声でラフィニアは言う。

「お前は私達の王だ。アハラムの民は紅玉の瞳の王以外に忠誠を誓《ちか》うつもりはない。私はお前を待っているぞ」

馬上から、まるで宣言するように言うと、ナティールは小さく吹きだした。

「お前のほうが女王みたいだぞ」

「じゃあ、お前の王妃《おうひ》にしてくれるか？」

自分で口にした言葉が存外に堪《こた》えた。

からかうような口調に、ナティールは実に晴れやかに笑った。切なさで胸がしめつけられ、息が止まりそうだった。

「じゃあ、行くから」

なんの未練もないようにナティールは言った。だからラフィニアも自分の心のゆれを見せることなどできなかった。

「待っている」

毅然《きぜん》とした声に、ナティールは静かにうなずいた。そのまま二人は、たがいの行く方向にそれぞれに進みはじめた。

あとがき

こんにちは、小田菜摘《おだなつみ》です。

昨年の二月刊で、ネプティス王国を舞台にした『紅の沙漠をわたる姫』を出させていただきましたが、一年後の二月刊で、再びネプティスを舞台にしたお話をお送りすることになりました。ちなみに今回の嫁恋《よめこい》シリーズは若干《じゃっかん》変則で、姫ではなく、女戦士と王子様のお話の二段組みです。物語としては独立させておりますが、二作品共『紅の沙漠～』のスピンオフとなっております。時系列でいくと『草原の女王』→『紅の沙漠』→『大河』になります。

表題作『大河は愛をつなぐ』のヒーローは、初登場のブラーナの皇子様です（『紅～』のパクレイオスもブラーナの皇子様ですが）。いままでのヒーローと少しちがうと、個人的に思う部分は「同性の友達が多そう」なところですかね（↑なぜか友人が大受けしてくれました）。

同時収録の『草原の女王』は、雑誌Cobaltに掲載していただいた作品です。

このときは年末に見たミュージカル『ライオンキング』のおかげで、頭の中がすっかりアフリカブームになっていました。それも砂漠地方の北アフリカではなく、サハラ以南のいわゆる熱帯雨林&サバンナ気候のアフリカです。その頭のまま4作目の『緑の森～』を書いた不埒者《ふらちもの》は私です（ＢＧＭをライオンキングからワーグナーやバッハに変えたりして、それなりに努力はしたのですが）。そんなときに雑誌掲載のお話をいただき、灼熱《しゃくねつ》の気候にも負けない暑苦しい情熱が形となって表れた作品です。少女小説の舞台としては若干馴染《なじ》みにくい場所だとは思いますが、アンケートで支持してくださった皆様、ありがとうございました。

ところで２０１０年２月１日発売の雑誌Cobalt３月号にも、嫁恋の読みきりを掲載していただいております。舞台はブラーナ帝都アルカディウス。ヒロインは帝国初の女帝エウノミアです。興味のある方はぜひ。椎名《しいな》咲月《さつき》さんの美麗《びれい》な表紙が目印です。

さて、今回の文庫は実にスペシャルな作りになっております。

なんと巻末に、椎名さんの漫画が掲載されております。『大河』の作中で語られている、ネプティス国王夫妻（ナティール＆ユスティニア＋１）のほのぼのした日常です。ファックスしていただいたネームにいまからニヤニヤしています。お忙しい中を、本当にありがとうございました。なおこの二人の馴れ初《そ》めを知りたいという方は、ぜひ嫁恋３の『紅の沙漠～』をご一読くださいね。以上宣伝でした。

今回もお世話になった皆様、そして読んでくださった方々、本当にありがとうございます。

次の本も舞台はネプティスの予定です。そのとき、またお会いできますように。

小田菜摘

※この作品はフィクションです。実在の人物・団体・事件などにはいっさい関係ありません。

ユスティニア
ある日のネプティス宮廷
椎名咲月
ナティール

どうしたの？
会議は？
はっ
いや
ちょっと時間が
出来たから
おいで

陛下
こちらでしたか
ごほっ
行かなきゃ

はっ
ぐい—
ふふ
ぷに
あなたのお父様ったら
今日もステキなんだから
きゅー♡
おわり

この作品のご感想をお寄せください。

小田菜摘先生へのお手紙のあて先

〒101―8050　東京都千代田区一ツ橋2―5―10
集英社コバルト編集部　気付
小田菜摘先生

おだ・なつみ

埼玉県生まれのおひつじ座。AB型。色々な国の文化に触れたくて習いはじめた学生時代以来の英会話だが、記憶力と集中力の、あまりの劣化ぶりに愕然となっている。ユーラシア大陸をひとりで横断するのが、いまのところの夢。

そして花嫁は恋を知る
大河は愛をつなぐ

COBALT-SERIES

2010年2月10日　第1刷発行

★定価はカバーに表示してあります

著　者　小田菜摘
発行者　太田富雄
発行所　株式会社　集英社
〒101−8050
東京都千代田区一ツ橋2−5−10
(3230) 6268 (編集部)
電話　東京　(3230) 6393 (販売部)
(3230) 6080 (読者係)

印刷所　図書印刷株式会社

ISBN978-4-08-601378-9 C0193

好評発売中
コバルト文庫
小田菜摘
イラスト／椎名咲月
そして花嫁は恋を知る
シリーズ
運命に翻弄される
姫君たちの恋とは――
黄金の都の癒し姫
白銀の都へ旅立つ姫
紅の沙漠をわたる姫
緑の森を拓く姫
緑の森を統べる姫
黄土の大地を潤す姫